함께여서

다행이야

NEKO TO ISSHO NI IRU DAKE DE

by Noriko Morishita

함께여서

다행이야

엄마와 나, 둘이 사는 집에 고양이가 찾아왔습니다

모리시타 노리코 지음 | 박귀영 옮김

티라미수
THE BOOK

가족의 추억 나무

대문 옆 작은 화단에 큰 백목련이 있었다.

쌀쌀하고 청명한 겨울날, 앙상한 나무를 올려다보면 하늘을 향해 넓게 뻗은 가지들 끝에 바다표범 같은 은빛 털에 감싸인 겨울눈이 잔뜩 달려 있다. 봄기운 가득 품은 햇살이 내리쬘 무렵이면 그 겨울눈이 열리고, 안에서 양초같이 새하얀 봉오리가 얼굴을 내민다.

가지 끝에 매달린 뾰족한 흰 봉오리가 쑥쑥 하늘로 자라고, 이윽고 꽃잎이 통통하게 부풀면 나무에 온통 흰 비둘기들이 앉아 있는 것처럼 보인다. 그리고 아직 쌀쌀한 초봄 바람에 이따금 달콤한 향기가 짙게 떠돈다······.

여기는 요코하마, 조금 높은 구릉 비탈에 계단식으로 펼쳐진 주택지다. 고저 차가 있는 지형이라, 절벽이나 단차가 있는 땅에 세워진 집이 많다.

우리 집도 도로보다 삼 미터 낮은 절벽 아래 땅에 지어져, 대문을 열면 절벽을 보강한 옹벽을 따라 놓인 콘크리트 계단을 밟고 현관 앞까지 내려오도록 돼 있다.

이렇게 절벽 밑에 지어진 집이지만, 반대편은 남쪽으로 시야가 탁 트인 비탈이어서 요코하마 정경이 항구까지 내려다보인다. 그 경치에 반한 아빠가 여기로 이사 온 것이 오십 년 전, 내가 두 살 때다. 그때 아빠는 선박 회사에 다니는 삼십 대 중반 회사원, 어머니는 이십 대였다.

내가 초등학교 2학년 때 남동생이 태어났다. 그 남동생이 초등학교에 입학할 때 아빠는 큰마음 먹고 비좁았던 집을 증축, 그 뒤로도 자잘하게 고쳐가면서 네 식구가 살았다.

백목련은 내 대학 입학을 기념해 부모님이 심어주신 나무다. 처음에는 연필 굵기만 한 묘목이 위태로워 보여 지지대를 해줬다. 그런데 이삼 년 만에 지지대도 필요 없어지고, 점점 기둥이 굵어지더니 이윽고 대문을 넘어서는 큰 나무로 자랐다.

정년퇴직한 아빠는 초봄 흰 꽃이 만개한 나무 아래 서서 희끄무레한 하늘을 눈부신 듯 올려다봤다.

젊은 시절 아빠는 호리호리하고 키가 크고 어깨가 넓었다. 그런 아빠가 어느새 작게 쪼그라들어, 허리를 짚고 구부정하게 선다. 머리도 세어 완전히 호호 할아버지가 됐다.

"오늘도 지나가던 사람이 꽃이 참 예쁘게 피었다고 칭찬해주더구나."

아빠는 안개가 낀 듯 침침한 눈으로 웃었다.

아빠가 돌아가신 뒤에도 활짝 핀 백목련을 볼 때면 어쩐지 그 나무 아래에서 아빠가 꽃을 올려다보고 있는 듯했다. 그때, 지나가는 사람이 문득 멈춰 서서 "올해도 활짝 피었네요" 하고 말을 걸어준다.

"또 지나가던 사람이 칭찬해주네."

우리 가족은 이렇게 말하며 아빠를 생각했다.

옹벽에 번개 모양 금이 간 것은 아빠가 돌아가시고 십 년쯤 지난 어느 날이었다. 옹벽 바로 위, 대문 옆 화단에는 백목련이 있다. 그 백목련이 높이 사 미터를 넘는 대목으로 자라, 아래로 뻗은 뿌리가 콘크리트를 민 것이다.

백목련은 너른 땅에서 잘 자라면 십에서 십오 미터까지도 자란다는 사실을 나중에 알았다. 그런 거목이 되는 줄도 모르고 한 평 정도밖에 안 되는 자리에 심었던 것이다. 이대로 뿌리가 더 뻗어 나가면 옹벽이 깨져 땅이 무너질지도 모른다.

　다른 데로 옮겨 심을까 생각도 했지만, 이렇게 커서야 뿌리를 파낼 수도 없다. 아빠와의 추억이 담긴 나무지만, 벨 수밖에 없었다.

　대문 옆 작은 화단에 직경 오십 센티미터짜리 그루터기가 덩그러니 남았다…….

　"그 멋진 백목련이 어디로 갔대요?"

　그다음 봄, 길을 가던 사람들이 종종 물어왔다. 그때마다 나도, 엄마도 나무를 벤 이유를 말해줘야 했다.

　엄마는 덩그러니 남은 그루터기 주위에 명자나무, 황매화나무, 철쭉, 수국 등 이번에는 그리 크게 자라지 않는 나무와 화초를 심었다.

　사 년 전 장마, 파란 자수를 놓은 작은 공 같은 수국이 화단에 수북이 피었다.

　그리고 어느 날, 그루터기 밑동에 생각지도 못한 것이 내려앉았다…….

| 차례 |

1장

절벽 끝

새끼
고양이들

수국 덤불 속에서

그날도 오전부터 후끈한 습기 때문에 피부가 끈적했다. 먹구름이 무겁게 내려앉은 하늘에서 미지근한 물 냄새가 나는 바람이 불었다.

"낮부터 비가 내리겠습니다."

켠 채로 놔둔 거실 텔레비전에서 일기예보가 나왔다.

평소처럼 나는 부엌에서 엄마와 내 잔에 차를 따르고, 엄마는 화단에 핀 수국도 볼 겸 우편함에 편지가 없나 보러 갔다.

일흔다섯인 엄마가 샌들을 끌며 옹벽을 따라 난 계단을 한 칸 한 칸 무겁게 올라가는 발소리가 들리고, 우편함에

함께여서 다행이야

서 뭔가를 꺼내는 소리가 절그럭 났다.

그 직후였다.

"어머!"

엄마가 계단을 급히 내려와 현관문을 벌컥 열고 거실로 뛰어 들어와 외쳤다.

"큰일 났어!"

"무슨 일이야?"

"길고양이가 새끼를 낳았어."

"……어디에?"

"화단."

수국 덤불에서 하얀 것이 보였다고 한다. 길고양이가 자고 있다……. 다른 때는 재빨리 도망치더니 오늘은 웬일로 웅크리고 있다. 살며시 들여다보니 옆에서 뭔가가 꼬물꼬물 움직이고 있었다.

"세 마리를 낳았어. 완전 당했어."

엄마는 분한 듯 혀를 찼다.

"그때 그 고양이야. 방충망 부서뜨리고 도망친……."

"아아……."

나는 지금도 바람에 들썩거리는 방충망을 쳐다봤다.

사흘 전, 내가 외출하고 없을 때였다. 엄마는 놀러 온 친구들을 배웅하면서 대문 밖에 잠시 서서 이야기를 나누고 들어왔다. 열어놓은 채였던 현관문을 닫고 거실로 가니 작고 흰 고양이가 있었다. 엄마도 깜짝 놀랐지만, 갈 곳 잃은 고양이는 패닉에 빠졌다. 사방으로 몸을 들이받다가 결국에는 방충망에 달려들어, 때마침 헐거워져 있던 데를 힘으로 부수고 도망쳤다고 한다.

"전에도 종종 봤던 고양이야. 커다란 길고양이들 뒤를 따라가더라고. 몸집이 작아서 어린 줄 알았는데. 세상에 배가 불러 있었을 줄이야."

"흐응……."

나는 무심히 대꾸하고, 성가신 일에는 휘말리고 싶지 않다는 티를 내며 화단에 나가보려고도 하지 않았다.

그때 나는 궁지에 몰려 있었다.

대학을 졸업하고 잡지사에서 아르바이트를 하다가 프리랜서가 된 뒤로 줄곧 글 하나로 먹고살았다. 그런데 지금 딱 막혀버렸다. 약속한 단행본 원고가 써지지 않는다. 수차례 마감을 늦췄지만, 번번이 좌절했다. 한 장도 쓰지 못한 채 몇 해나 넘기고 말았다.

나는 대체 뭘 하고 있는 걸까? 이대로는 조만간 일이 없어질 것이다. 먹고살 수 없어진다……. 발밑이 지글지글 끓는 것 같아 어디서 뭘 해도 '이런 걸 할 때가 아니잖아' 하고 초조함에 휩싸였다.

쉰을 넘기고도 여태 안달복달한다. 그런 자신을 어찌할 도리가 없다.

생각다 못해 그 전날, 신사에 갔다. 마음을 다잡는 계기를 만들고 싶었다. 도리이*를 지나 신전 앞에 서니 나뭇잎이 쏴아 하고 파도처럼 물결치며 상쾌한 바람이 불었다. 그때 뜻밖의 말이 입에서 흘러나왔다.

"행복하게 해주세요."

내가 그런 말을 하다니 가슴이 철렁했다.

마음을 다잡고 손을 모았다.

"내일부터 새로운 마음으로 일에 임하겠습니다."

이렇게 맹세하고 돌아왔다.

그게 바로 어제 일이다. 제발 부탁이니 성가신 일에 끌어들이지 말아줬으면 좋겠다. 나는 지금 딴짓을 할 여유가 전혀 없다.

* 신사 입구의 기둥 문

애당초 엄마가 왜 이렇게 당황하는지 이해할 수 없었다. 우리 집은 아무 책임도 없다. 우리 집 땅이기는 하지만, 도로 쪽에 있는 화단이니까.

세상에는 고양이를 정말 좋아해서 고양이만 보면 눈꼬리를 휘며 곧바로 달콤한 소리를 내는 사람이 많지만, 우리 집은 고양이를 키운 적도 없고 관심도 없다. 애당초 고양이가 왜 귀여운지 모르겠다.

"애, 고양이는 요물이라고 하잖니."

이렇게 엄마는 오히려 싫어했다. 잘은 모르겠지만, 1950년대에 크게 히트한 요괴 고양이 영화 시리즈가 있는데, 왕년의 미녀 배우 이리에 다카코의 으쌕한 요괴 고양이 연기에 온 나라가 떨었다고 한다. 그러고 보니 고양이 눈은 어둠 속에서 빛나 으스스해 보인다……

요괴 고양이 영화는 그렇다 치더라도, 최근 몇 년 동안 우리 집은 고양이와 관계가 험악하다. 우리 집도, 이웃들도 배회하는 길고양이들 때문에 골치를 앓았다. 밖에 내놓은 음식물 쓰레기봉투를 파헤쳐서 내용물을 도로에 뿌려놓는다. 까마귀가 그걸 보고 몰려든다.

엄마가 현관 옆에서 키우던 금붕어가 어느 날 아침, 어항 밖에 떨어져서 바싹 말라 있었다. 물론 스스로 뛰쳐나왔을 리 없다. 고양이 짓이다.

남쪽 마당은 엉망진창으로 짓밟혔다. 구근은 파헤쳐지고, 기껏 꽃을 피운 수선화와 튤립도 납작하게 쓰러져 있었다.

우리 집 주변에서 실례를 하고 돌아다니는지, 창문을 열면 강렬한 냄새가 바람을 타고 와 코를 찌른다. 그 냄새를 지우려고 살균 효과가 있다는 죽초액을 뿌렸더니, 오히려 이상한 냄새가 나서 두통까지 생겼다. 약국에서 '고양이 퇴치제'를 사 와서 집을 빙 둘러가며 뿌렸더니 한동안은 고양이가 보이지 않았지만, 삼 주도 채 되지 않아 다시 냄새가 나기 시작했다. 그때마다 나와 엄마는 "또 시작이네" 하고 머리를 싸맸다.

"우갸아아!"

"캬악!"

깊은 밤, 어딘가에서 길고양이끼리 싸움이 벌어졌는지 이따금 어둠을 찢으며 단말마 비명이 들려온다. 쿵! 플라스틱 양동이에 부딪혀가며 도망치는 소리도 들린다. 발정 난 고양이가 우리 집 창 아래에서 "아오오, 아오오!" 하고 아기 울음소리를 내기도 한다.

마당을 제멋대로 화장실로 쓰고, 금붕어를 죽이고, 꽃을 밟고, 동네를 혈투의 장으로 만들고⋯⋯. 우리 집도 이웃들도 엄청나게 화가 나 있다.

길고양이다. 내버려두면 조만간 새끼들을 데리고 어딘가로 가버리겠지. 그러지 않으면 곤란하다.

"큰일이야. 이를 어째."

엄마는 거실을 불안하게 서성이다가 문득 생각난 듯 "애호협회에 갔다 올게"라며 앞치마를 벗었다. 그 앞치마 안에 입고 있던 티셔츠를 보고 나는 '어라?' 하고 생각하면서도, 결연하게 집을 나서는 엄마를 배웅했다.

가까운 현립공원에 '재단법인 가나가와현 동물애호협회'가 있다. 1950년대부터 있던 오래된 시설로, 동물병원과 동물 보호시설을 겸하고 있다. 나도 어릴 때 공원에서 유기견을 발견하고 애호협회에 말해주러 간 적이 있다.

한 시간쯤 뒤에 엄마가 씩씩거리며 돌아왔다.

"도저히 데려갈 수가 없대."

애호협회에는 매일같이 개나 고양이를 데려가라는 의뢰가 들어오는 데다 보호시설이 꽉 찼다고 한다. 특히 지금은 출산 시즌으로, 이미 이백 마리나 되는 새끼 고양이가 보호 순서를 기다리고 있다는 것이다.

"개, 고양이 사진이 벽을 뒤덮었더라. 입양할 사람을 찾는대. 두 달 정도 있으면 정말 귀여울 거라고, 그때 사진을 찍어서 갖고 오란다."

"……뭐? 두 달?"

그때까지 우리 집에서 키우라는 건가. 우리 화단에서 태어났다고 해서 우리 집 고양이는 아닌데…….

"왜 우리가 그렇게까지 해야 하는데?"

"나도 싫어. '나는 고양이가 싫다고요'라고 단호하게 말했지. 그랬더니 애호협회 여자애가 '그럼 어쩔 수 없죠'라는 거야. '하지만 이대로 내버려두면 새끼 고양이는 죽을 텐데요. 지금 그걸 잠자코 지켜보라는 소리예요?' 이렇게 받아쳤어. 그 애가 귀여운 얼굴을 하고서는 '그게 자연이라는 거죠', 이러면서 나를 가르치는 거야. 열이 확 받쳐서 '나는 너보다 훨씬 오래 살았고, 전쟁도 겪었다고. 그런 나를 너 같은 어린애가 가르치려드는 거야?' 이렇게 말해줬지."

엄마는 논리의 비약은 안중에도 없다. 끝내는 애호협회 직원을 향해서 "아아, 세상 말세네!"라고 말해주고 온 모양이다.

엄마는 분노를 가라앉히지 못하고 선 채로 다다다 말을 쏟아냈다.

"게다가 어떤 남자애가 나를 보고 웃는 거야."

"……."

"있는 대로 화를 내는 나를 보고 이유도 없이 웃더라고."

사실은 나도 해주려던 말이 있는데 엄마가 너무 흥분해서 끼어들지 못하고 있었다.

"……있잖아, 아침부터 생각했는데, 그걸 입고 '나는 고양이가 싫다고요'라고 한 거야?"

"?"

엄마는 내 시선을 눈치채고, 고개를 숙이고 가슴 쪽을 바라봤다.

"……어머."

그날 엄마가 입고 있던 건 선물로 받은 캐릭터 티셔츠로, 가슴에 고양이 세 마리가 크게 그려져 있었다.

창밖에서는 이웃집 아주머니가 나무를 돌보고 있었다.

"사사키 씨~, 큰일 났어요."

엄마는 샌들을 신고 마당으로 나갔다. 이웃에 사는 사사키 씨는 엄마와 동년배로, 이사 왔을 때부터 오십 년 동안 마당을 사이에 두고 교류하고 있다.

"어머, 언제요?"

"오늘 아침에요. 세 마리."

"세상에!"

사사키 아주머니도 음식물 쓰레기를 흩뿌려놓고 집 주변에 오줌을 싸고 다니는 길고양이 때문에 괴로워하고 있다. 그러는 동안 안에서 아저씨까지 나왔는지, 낮게 웅얼거리는 목소리가 들렸다.

조금 뒤 엄마는 힘없이 어깨를 축 늘어뜨리고 거실로 돌아왔다.

"사사키 아저씨가 뭐래?"

"보건소에 부탁하는 수밖에 없지 않겠냐고……."

"뭐?"

갑자기 오싹했다.

언젠가 다큐멘터리 방송에서 본 적이 있다. 보건소로 보내진 개, 고양이는 며칠 동안 데려갈 사람을 기다리다가 아무도 오지 않으면 안락사당한다. 자신의 운명을 아는지, 아니면 병에라도 걸렸는지, 뼈만 남은 잡종 개가 컴컴한 우리 안에서 바들바들 떨고 있었다. 그 개의 불안한 눈이 떠올랐다.

큰 사회문제라고는 생각한다. 하지만 솔직히 말해서 내 일이라고 생각한 적은 없다. 그런 내게 갑작스럽게 돌아온

화살에 당황했다.

하필 일에 집중해야 하는 지금, 왜 이런 일이 일어난 걸까? 왜 우리 집인 거야?

고양이를 키울 생각은 없다. 그렇다고 보건소에 부탁하는 것은 도저히 못 하겠다. 새끼들을 데리고 어디 다른 데로 가주지 않을래? 우리 집은 고양이를 키울 생각이 없단 말이야.

개와 함께한 나날

　우리 집은 줄곧 '개파'였다.

　처음 개가 온 날을 지금도 기억한다. 다섯 살 때로, 나는
아직 외동이었다.

　유치원에서 돌아오는데 내게 손을 흔드는 아빠 엄마가
보였다. 아빠 발치에는 털이 구불구불한 작은 서양개가 있
었다. 내가 다가가자 손가락 하나를 오뚝 세운 것 같은 짧
은 꼬리를 흔들며, 뒷다리로 통통 뛰어 안기려고 했다.

　개 이름은 '핑키'라고 지었다. 와이어헤어 폭스테리어라
는 소형견으로, 흰 털이 복슬복슬하고 등에 검은 무늬가
있었다. 인형 같은 곱슬곱슬한 털 속에서 흑사탕처럼 촉촉

하게 빛나는 동그란 눈동자가 이쪽을 열심히 바라본다. 작은 핑크 혀를 항상 쏙 내밀고 있어서 언제 봐도 웃는 것처럼 보였다.

얼굴은 착하게 생겼는데 성깔이 있어서 잘 짖었다. 세탁소 오빠가 혼쭐이 난 적도 있다. 핑키가 그 오빠에게 맹렬하게 짖어대면서 개집을 오십 센티미터나 끌고 갔다. 몸을 숙인 채 쏜살같이 옹벽 옆 계단을 뛰어 올라가는 오빠의 등에 대고 한층 거세게 짖었다.

그 뒤로 세탁소는 우리 집에 오지 않았다.

원래는 영국 귀족이 여우 사냥에 데리고 다니던 견종이어서, 먹잇감을 맹렬히 뒤쫓으며 광대한 영지를 마음껏 달리는 개였던 모양이다. 그런 개의 기질도, 키우는 법도 모르고, 우리 집에서는 현관 옆 작은 개집에 묶어둔 채 짖으면 "이놈!" 하고 혼내고, 달려들어 안기면 "착하지" 하면서 귀여워하고, "손" 같은 것을 시키며 좋아했다.

밥은 가족이 먹다 남긴 생선과 밥에 된장국을 부어 줬다. 1960년대 보통 가정에서는 다들 이렇게 개를 키웠다.

그래도 핑키는 우리를 보면 곱슬곱슬한 털 안쪽 흑사탕 같은 눈을 영리하게 빛내며 짧은 꼬리를 떨어져 나갈 듯이 흔들고, 팔짝팔짝 뛰어오르며 기뻐했다. 산책용 줄 끄트머리라도 봤다 하면 흥분한 나머지 미친 듯이 날뛰었다.

핑키는 줄을 쥔 나를 끌고 공원으로 뛰었다. 천천히 달리면 될 텐데도, 도저히 속도 조절이 안 되는지 목줄이 목 깊숙이 파고들어 항상 헥헥 헐떡거렸다.

공터에서 줄을 놔주면 쏜살같이 달려 사라졌다가, 한참 뒤에 수풀 속에서 폴짝 빠져나와 내게 곧장 달려와서는 기다란 것을 발치에 뒀다. 들여다보니 바싹 마른 두꺼비였다. 비명을 지르며 도망치는 나를, 핑키는 두꺼비를 물고 쫓아와 또다시 발치에 둔다. 그게 주인에게 주는 선물이라는 사실을 핑키가 떠난 뒤에야 알았다.

내가 초등학교 6학년 때, 핑키가 병에 걸렸다.

심장사상충이라는 병명을 처음 알았다. 건강했을 때는 사람을 끌고 달렸던 핑키를, 엄마가 담요에 감싸 안고 병원에 다녔다. 2월의 어느 아침, 핑키는 병원 가는 길에 엄마 품에서 숨을 거뒀다.

"핑키가 죽었단다"라는 말을 들었을 때 나는 울음이 터질 듯 얼굴이 일그러지는 것을 느꼈지만, 어떻게 감정을 표출해야 되는지 알지 못했다.

가까이에서 처음 겪은 죽음이었다.

바람 부는 밤이 며칠이나 이어졌다. 나는 이불 속에서

귀를 쫑긋 세웠다. 밖에 있는 창고 문이 삐걱거리는 소리에 섞여, 이따금 핑키가 개집을 들락거리면서 내는 목줄 소리가 들렸다⋯⋯. 계절이 몇 번이나 지났어도, 개집이 있던 자리에서는 여전히 핑키 냄새가 났다. 지금도 비 오는 여름날이면 문득 핑키 냄새가 코끝을 스친다.

핑키가 죽고 몇 년 뒤, 동네에 있던 제약회사 독신 기숙사에서 시바견이 새끼를 다섯 마리 낳았다는 이야기를 듣고, 어린 남동생과 둘이서 보러 갔다. 그중에서 마음에 드는 강아지를 한 마리 데려가라고 했다.

"이 강아지가 나를 '이리 와, 이리 와' 하고 손으로 불러."

남동생은 그러면서 암컷 한 마리를 골랐다.

'모모'라고 이름 붙였다.

강아지는 졸린 얼굴로 귀가 접힌 채 남동생 뒤를 따라 공이 통통 튀듯 달린다. 그때마다 꼬리가 달랑달랑 흔들렸다.

자라면서 코끝이 날카로워지고 귀가 뾰족 서고 꼬리는 단단히 말려, 그야말로 늠름하고 똑똑한 시바견이 됐다. 산책을 가면 바로 옆, 주먹 두 개 정도 떨어진 거리에서 사람의 보조에 맞춰 척척 걷는다. 햇살 아래에서 모모는 적당히 밝은 여우 색으로 빛났다. 젊음이 넘쳐흘렀다.

남동생이나 내가 학교에서 돌아오면, 모모는 달려들어

눈이고 입이고 할 것 없이 마구 핥았다.

아빠는 회사에서 돌아오면, 현관 옆 개집에 있는 모모를 한동안 쓰다듬었다. 일요일에는 모모를 산책시키고 돌아오는 길에 슬쩍 마시러 가서는 가게 앞에서 기다리는 모모에게 소시지를 먹이곤 했던 것 같다. 언제부턴가 모모는 산책 때마다 목줄을 세차게 당겨, 우리를 술집 앞으로 이끌었다.

밝은 여우 색이던 털이 완전히 하얗게 센 것은 열 살을 넘어섰을 때였다. 어느 날 갑자기, 모모는 기력을 잃고 일어서지 못했다.

마지막 밤, 모모는 거실에 놔둔 종이 박스 안에서 거친 숨을 쉬면서, 가족이 모두 돌아와 모이기를 기다렸다. 이튿날 아침, 모모는 눈을 뜬 채 굳어가고 있었다. 아빠가 모모를 상자에 넣는 것을 남동생과 함께 지켜봤다. 그날 오후, 반려동물 묘원 왜건이 모모를 데리러 왔다.

모모를 태운 왜건이 점점 작아져 보이지 않을 때까지 문 앞에 서서 배웅하면서, 아빠는 흐느꼈다. 아빠는 우는 남자였다. 키가 백팔십 센티미터에 어깨가 탄탄한 어른이 새빨갛게 충혈된 눈을 주먹으로 문지르며 울었다. 아빠가 훌쩍훌쩍 울어서, 나는 이를 꽉 물고 참았다.

하지만 매일 집에 돌아오면 무심코 모모가 있던 개집에 시선이 간다. 텅 빈 개집뿐 모모는 없다……. 그때마다 언제든 기다려줬던 모모의 선한 눈이 떠올라, 차오르는 눈물이 앞을 가렸다. 현관에서 신발을 벗으려고 몸을 숙이면 발치로 눈물이 뚝뚝 떨어진다. 나는 욕실에 물을 틀어놓고 방으로 돌아와, 이불을 뒤집어쓰고 소리 죽여 울었다.

누구랄 것 없이 가족 모두 "이제 아무것도 키우지 말자" 하고 정했다.

개가 없어지고 얼마 안 돼 나는 집을 떠났다.

"시집가기 전까진 집에 있어라."

부모님은 반대했지만, 나는 벌써 서른이었다. 빨리 자립하고자 주간지 아르바이트를 그만두고 자유기고가가 된 것을 계기로, 전차로 삼십 분 정도 걸리는 마을에 작은 아파트를 사서 이사했다.

매주 토요일에는 다도 수업이 있다. 교실에서 본가가 가까워, 돌아가는 길에 본가에 들러 얼굴을 보여드렸다. 집까지 이어지는 비탈 중턱까지 가면, 커다란 백목련이 보인다. 아빠는 자주 그 아래에 서 있다가, 비탈을 올라오는 내게 "어, 왔냐?" 하고 말을 걸었다.

지금 생각하면, 아빠는 꽃을 보고 있었던 게 아니라 나를 기다리고 있었던 것 아닐까…….

아빠가 타계한 것은 내가 집을 나오고 이 년 뒤의 봄이었다.

이윽고 남동생도 독립해 다른 아파트에 살기 시작하자, 엄마는 시골에 계신 할머니를 모셔왔다.

마흔을 넘기고, 나는 집으로 돌아왔다. 혼자서 노노케어로 세월을 보내는 엄마도 마음에 걸렸고, 나 자신도 수입이 불안정해 앞으로 계속 대출금을 갚아나갈 자신이 없었다. 목조 이층집 1층에서 엄마와 할머니가 지내고, 나는 2층을 작업실 삼아 원고를 썼다. 할머니, 엄마, 나. 할머니가 돌아가시기 전까지, 이렇게 여자 삼대가 함께 살았다.

문득 정신을 차리고 보니 오십 대였다……. 결혼하려고 생각한 적도 있고 몇 번인가 사랑도 했지만, 결국 나는 독신으로 남았다. 솔직히 말하면, 이제 소란스러운 것은 사양하고 싶다. 격렬한 정열도 강한 집착도 이제 됐다. 서로의 자아를 거세게 부딪치는 일도 하고 싶지 않다. 가능하면 지금 이대로 안온하게 살아가고 싶다.

"네가 행복한 결혼 생활을 하도록 도와주고 싶었는데……."

생전에 아빠는 좀처럼 결혼하지 않는 내게 말했다. 그

말을 하며 짓던 아빠의 쓸쓸한 얼굴을 떠올리면 가슴이 아프다. 하지만 "늙어서도 혼자면 어쩌니" 하고 자꾸 걱정하는 엄마에게 나는 "이제 와서 뭘……" 하고 웃었다.

엄마가 무슨 생각을 하는지는 안다. 나는 회사라는 울타리가 없다. 안정적인 수입도 장담할 수 없다. 남편도 자식도 없다. 언젠가 엄마를 떠나보내면 홀로 노후를 보내야 한다.

하지만 그런 걱정 때문에 모르는 누군가를 만나 하나하나 서로를 알아나가며 새로운 인생을 시작할 마음은 들지 않는다. 그렇게 한다고 해서 인생이 만사 잘 풀리는 것도 아니고, 둘이 함께하는 삶에도 싱글 생활과는 다른 갈등이 있다는 사실은 주변을 둘러보면 짐작이 간다.

"쓸쓸할 거야."

사람들은 말한다. 하지만 그럼 어떻게 살아야 하는지, 뭐가 좋은지 정답은 어디에도 없다.

어쨌든 나는 오십 대, 독신, 엄마와 둘이 산다. 정답인지 아닌지는 모르겠다. 하지만 적어도 오늘까지는 평온하게 살아왔다.

함께여서 다행이야

마당에서 수국 잎이 수런거리기 시작했다. 비가 내리고 있다. 땅이 순식간에 검게 젖고, 창문에 빗방울이 흐른다.

"어떡하니. 비가 오네."

엄마는 안절부절못했다.

"어디 가 있으면 좋을 텐데……."

그렇게 말하며 또다시 대문 밖 화단을 보러 갔다.

"좀 와봐."

얼마 지나지 않아 엄마가 밖에서 다급하게 불렀다. 나는 성가신 일에 휘말리겠다 싶으면서도 마지못해 일어섰다.

"저기 좀."

현관문을 열자 엄마가 빗속에서 어딘가를 올려다보며 손짓했다.

우뚝 솟은 삼 미터 절벽. 그 절벽 끝자락에 난 풀고사리 잎이 살짝살짝 흔들렸다.

도로 높이에는 주차장이 있어서, 그 바닥에 깔린 철판을 밑에서 올려다보면 처마처럼 보인다. 그 철판과 도로 사이 아주 좁은 틈에서 풀고사리 잎이 움직이고 있다. 마치 처마 밑 둥지에서 아기 새가 움직이는 것 같았다. 삐이삐이, 삐이삐이. 우는 소리도 희미하게 들린다.

"아까 봤을 때는 화단에 있었어. 비가 오니까 어미가 물고 저기로 옮긴 거야."

대문 밖 화단의 수국 덤불에서 주차장 철판 밑까지는 일 미터가 안 된다. 이 공간이라면 비와 이슬을 피할 수 있고, 또 하나의 위험으로부터도 새끼 고양이를 지킬 수 있다. 바로 까마귀다. 이 부근에는 까마귀가 많아, 공원 연못에 사는 새끼 오리가 이따금 위험에 처한다. 여기라면 까마귀도 절대 들어오지 못한다.

하지만 절벽 끝자락이다. 만약 새끼 고양이가 기어 다니다가 떨어지면 삼 미터 아래 딱딱한 콘크리트에 내동댕이쳐진다.

"위험한데······."

"노리코, 박스!"

"응."

키울 생각은 없지만, 절벽에서 떨어지는 걸 잠자코 두고 볼 수만도 없었다.

엄마 고양이는 보이지 않았다.

우리 기척을 알아차리고 몸을 숨겼거나, 아니면 먹이를 찾으러 갔는지도 모른다······. 나는 비를 맞으며 박스와 접 사다리를 가지러 창고로 갔다.

새끼 고양이에게서 사람 냄새가 나면 안 되니까 장갑도 챙겼다. 어렸을 때 엄마가 "갓 태어난 새끼 고양이는 너무 쳐다보면 안 돼"라고 말해준 적이 있다. 출산 직후의 엄마 고양이는 정말 예민해서, 새끼 고양이에게서 사람 냄새가 나면 돌보지 않는다. 때로는 자식을 죽여버리기도 한다고 한다. 엄마는 어렸을 때 그 모습을 봐버렸다. '고양이 요괴 영화'는 나중에 붙인 핑계로, 사실은 그때 충격을 받고 고 양이를 싫어하게 됐다는 걸 나는 어렴풋이 알고 있었다.

내가 접사다리에 올라가 절벽 끝에서 새끼 고양이를 내 리면, 엄마가 밑에서 박스를 들고 있다가 받아주기로 했다.

무서웠다. 갓 태어난 새끼 고양이를 만지는 건 처음이

다. 세 마리 모두 살아 있을까?

옹벽 앞에 접사다리를 놓고 비에 젖은 발판을 올랐다.

바로 그때였다. 느닷없이 먼 옛날의 기억이 떠올랐다……

몇 살쯤이었을까. 부모님과 함께 친가에 갔다가 돌아오는 밤 기차 안에서 "초등학교 1학년 때였어" 하고 아빠가 불쑥 말을 꺼냈다.

비 내리는 날, 길가 풀숲에서 갓 태어난 새끼 고양이를 발견했다. 아직 눈도 못 뜬 새끼 고양이 네댓 마리가 뒤엉켜 빗속에서 뮤우-뮤우- 울고 있었다. 어린 아빠는 집으로 달려가 새끼 고양이를 키우고 싶다고 했다가 그런 여유가 어디 있느냐며 할머니에게 크게 혼났다. 새끼 고양이가 어떻게 하고 있는지 걱정됐지만, 혼이 난 아빠는 도저히 보러 갈 수가 없었다.

며칠쯤 지났을까. 아빠는 그 새끼 고양이를 찾으러 풀숲에 가봤다. 거기에는 성냥개비 같은 새하얀 뼈만 이리저리 흩어져 있었다……

"구해줬으면 좋았을 텐데. 지금도 잊히지가 않는구나."

그 이야기를 들었을 때 내 가슴 밑바닥에 아빠의 슬픔이 살그머니 자리를 잡았다. 빗속에서 우는 새끼 고양이와 그 모습을 보는 어린 아빠를 생각하니, 어린 마음에도 견딜 수가 없었다. 슬픔은 언제나 가슴 밑바닥 그 언저리에서 찾아왔다. 하지만 나는 이 일을 아무에게도 말하지 않았다. 어쩐지 말할 수가 없었다.

왜 지금 그 이야기가 생각났는지…….

그 생각을 떨치듯 접사다리 발판을 힘껏 밟았다.

옹벽을 따라 발돋움하고 힘껏 손을 뻗는다. 높아서 보이지는 않지만, 미이–미이– 소리가 나는 풀고사리 덤불을 손으로 더듬었다.

장갑 너머로 콩 주머니만 한 게 꾸물거리는 것이 만져졌다. 떨어뜨리지 않도록 조심스레 쥐자 장갑 안에서 작은 새처럼 몰랑한 것이 파닥거렸다. 절벽에서 내려 손을 살며시 폈다…….

호랑이 무늬의 작은 생명체가 활기차게 몸을 비비 꼬고 있었다. 아직 눈은 뜨지 않았고, 두루주머니 입구를 바짝 쥔 듯한 얼굴이다. 작게 오무라진 귀가 머리 옆에 붙어 있어서 수달 새끼 같다. 그것이 내 손안에서 뭔가를 주장하듯 미이! 미이! 하고 울었다.

살아 있다…….

무릎이 살짝 떨렸다. 손안에서 꿈틀거리는 작은 존재를 향해 내 안에서 뭔가가 흘러나오는 느낌이 들었다.

그때 뒤에서 엄마가 소리쳤다.

"노리코, 저기 있어. 빨리!"

올려다보니 흔들리는 풀고사리 사이에서 두 번째 새끼 고양이가 슬금슬금 기어 나와 절벽 끝에서 얼굴을 내밀고 있다. 첫 번째 새끼 고양이를 서둘러 엄마에게 건네고, 떨어질 것 같은 두 번째 새끼 고양이를 붙잡았다. 머리와 등에 회색 줄무늬가 있다. 내 손안에서 한껏 벋대며, 작은 입을 쫙 벌리고 하품했다.

"또 한 마리 있을 거야."

세 마리째는 색도 무늬도 전혀 달랐다. 흑백이 뚜렷했다. 푹 자고 있었는지, 아직 잠이 덜 깨서 보채듯 발버둥쳤다.

접사다리에서 내려오려고 할 때 풀고사리 잎 너머에서 "뮤우! 뮤우!" 하고 재촉하는 듯한 소리가 났다.

"어머, 또 있어."

"뭐라고!?"

소리가 나는 쪽으로 팔을 뻗어 손으로 더듬더듬 네 마리째를 잡았다. 이번에는 얼룩이다. 디즈니 만화 〈101마리의 달마시안 개〉에 나오는 달마시안 같았다. 반점이 얼굴에 있어서, 어디가 눈이고 코인지 구분이 잘 안 간다.

……아직 풀고사리 잎이 살짝 움직이고 있다. 한 마리 더 있다.

다섯 마리째는 울지 않았다. 물웅덩이에 빠졌던 모양이다. 젖은 털이 달라붙은 몸이 축 늘어졌다. 네 마리째와 닮은 얼룩무늬로, 햄스터 같은 핑크 코가 살짝 보였다.

이 아이는 틀렸을지도…….

"처음 봤을 때는 세 마리였어. 그 뒤로 두 마리 더 낳은 거겠지."

엄마가 다섯 번째 새끼 고양이를 타월로 살며시 감싸면서 말했다.

낡은 타월을 깐 박스 안에서 두더지 같은 다섯 생명이 뮤우뮤우 울면서 서로를 찾아 꿈틀거린다. 바라보고 있자니, 어쩐지 눈시울이 뜨거워진다.

그때 등 뒤에서 기척이 느껴졌다.

하악!

"아, 돌아왔어. 그 고양이야."

돌아보니 비에 검게 젖은 콘크리트 계단 중간쯤에 꾀죄죄한 흰색 고양이가 등의 털을 곤두세우고 있었다.

그 고양이다……. 나도 몇 번인가 본 적이 있다.

어느 날, 밖에서 돌아와 대문을 여는데 우리 집 처마 위에 누워 있었다. 처음에는 몸을 뒤집어 재빨리 달아나버렸지만, 같은 일이 몇 번 거듭되는 동안 내 쪽 움직임을 가만히 살피며 도망가지 않게 됐다.

그 고양이가 여자 협객처럼 어깨를 바짝 세우고, 눈을 치켜뜬 채 당장이라도 달려들듯 "하악!" 하고 온몸에서 세찬 기운을 뿜어내고 있었다. 새끼를 훔친다고 생각했겠지.

콘크리트 계단 밑에는 옹벽을 움푹 파낸 공간이 있어, 양동이나 삽 같은 도구를 보관한다. 거기에 상자를 두고 나와 엄마는 집으로 들어갔다.

여기까지라고 생각했다. 이 이상 고양이 가족에게 관여하면 키우게 될 것이다. 손안에서 미이-미이- 울던 그 작은 생명체들을 보면 마음이 흔들리고 만다.

하지만 일시적인 감정에 휩쓸리지 않겠다. 생명을 키우면 일생을 함께해야 한다. 우리 집은 더 이상 살아 있는 것을 키우지 않는다. 곧 엄마 고양이도 아이들을 데리고 어딘가로 떠나주겠지…….

그러나 이런 내 생각과는 딴판으로, 엄마는 벌써 가게에서 사료를 사 왔다.

"안 돼. 일단 밥을 주면 계속 줘야 한다고."

이렇게 충고하는 내게 엄마는 '인정머리 없는 것!'이라는 듯 서슬 퍼렇게 소리쳤다.

"밥을 주지 말라고? 다섯 마리나 젖을 물려야 하는데!"

나는 맥없이 백기를 들었다.

고양이는 요물이라고 싫어했으면서, 그 고양이가 젖먹이 새끼를 둔 어미라면 엄마의 입장은 단숨에 변한다. 언제든 아이를 낳은 여자의 '정의'가 모든 것을 이긴다.

비가 본격적으로 내리기 시작했다. 욕실에 난 작은 창문을 살며시 열었다. 창문 창살 사이로 계단 밑에 둔 상자가 보인다. 그 옆에서 꾀죄죄한 엄마 고양이가 엄마가 둔 캔 사료를 허겁지겁 먹고 있었다.

그날 밤에도 비가 계속 쏟아졌다. 비가 많이 내리면 계단 밑으로 여기저기 물이 뚝뚝 떨어진다. 그 작은 수달들이 비에 젖지 않을까…… 마지막에 옮긴 얼룩이가 힘 하나 없이 축 늘어졌던 감촉이 떠올랐다. 살아 있을까…….

신경이 쓰여 잠을 이루지 못하다 으슥한 밤에 우산을 쓰고 살며시 들여다보러 갔다. 박스에 비가 들이치지 않도록 계단 밑에 비닐이 쳐져 있었다. 어느 틈에 엄마가 다녀간 것이다.

　박스에 들어가 웅크리고 있던 엄마 고양이가 재빨리 일어나 내 쪽을 돌아보며 또다시 "하악!" 하고 위협해, 그대로 돌아와 잠자리에 들었다.

　　　　　　　　　　　　함께여서 다행이야

2장

고양이를

돌보는
사람들

조금씩 조금씩, 가까이

엄마는 친척, 지인에게 있는 대로 전화해 어쩌면 좋을지 상담했다.

"키울 생각이 없으면 먹을 걸 주면 안 되지. 내버려둬요."

이렇게 충고하는 사람도 있었지만, 이미 늦었다. 다음 날에도 엄마는 계단 밑 박스 옆에 캔 사료를 가져다뒀다. 엄마 고양이는 그걸 먹고, 따로 보금자리가 있는지 이따금 보이지 않다가, 돌아와서는 새끼들에게 손대지 말라고 못 박듯 나와 엄마에게 "하악!" 하고 위협했다.

이대로 어미와 새끼까지 여섯 마리가 눌러앉으면 어쩌지. 빨리 어딘가 다른 데로 갔으면 좋겠는데. 그렇게 바라

함께여서 다행이야

면서도 욕실의 작은 창을 열었을 때 계단 밑이 조용하면 박스 안에서 죽어버린 것은 아닐까 하고 절망적인 기분이 들고, 미이! 미이! 우렁찬 소리가 들리면 마음이 놓이면서 나도 모르게 얼굴이 풀어졌다.

소식을 듣자마자, 뼛속까지 애묘인인 두 사람이 찾아왔다. 사촌 사치코와 미도리 외숙모다.

사치코는 아파트에서 고양이 세 마리를 키운다. 삼십 대 중반, 독신. 피겨스케이터 안도 미키를 닮은 이국적인 생김새로, 음대생 시절에는 트롬본을 불었다. 졸업 후 도심의 회사에서 일하다가, 마침 휴직해서 평일 낮에도 아파트에서 고양이들을 돌보는 참이었다.

미도리 외숙모는 엄마 남동생의 아내. 말수가 적다. 오랫동안 동네 길고양이들을 돌봐왔다. 애들 밥 줘야 한다며 여행도 가지 않고, 집에서도 고양이를 키운다. 외동딸 마나가 고등학생 때 데려온 길고양이로 열여덟 살. 인간으로 치면 아흔 살 정도의 할아버지고 최근에는 거의 잠만 잔다고 한다.

사치코와 미도리 외숙모는 선물로 사료를 여러 종류 사왔다. 건사료와 레토르트 파우치나 캔에 든 습식사료가 있다고 가르쳐줬다.

엄마 고양이가 없는 틈을 타, 사치코와 미도리 외숙모를 데리고 계단 밑으로 가서 박스 안을 들여다봤다.

"뮤우, 뮤우, 뮤우."

콩 주머니만 한 두더지들이 바르르 떨면서 서로를 밀기도 하고, 올라타기도 했다. 흑백이 선명한 아이가 냄새를 맡으려는 것처럼 밝은 쪽으로, 밝은 쪽으로 고개를 돌렸다. 호랑이 무늬 아이도 우리가 온 것을 느꼈는지 이쪽으로 얼굴을 돌렸다.

살짝 뜬 눈꺼풀 사이로 얇은 막이 덮인 푸른 눈이 보인다. 모두 눈곱투성이다. 젖은 생쥐 꼴이었던 얼룩이도, 산처럼 쌓인 형제들 틈에서 기어 나왔다. 햄스터 같은 핑크코와 꼬물거리는 작은 손이 보였다.

모두 살아 있다…….

"우아!"

미도리 외숙모가 양손으로 손수건을 꼭 쥐고, 옷깃이 둥근 블라우스의 가슴팍을 눌렀다. 사치코가 헉 하고 숨을 들이켰다. 병원 신생아실 앞에서 친척에게 아기를 보여주는 기분이 들어, 어쩐지 멋쩍다.

거실로 돌아오자, 평소 조용한 미도리 외숙모가 둑이 터진 듯 말을 쏟아내기 시작했다.

"동네 길고양이를 정말 많이 봤지만, 이렇게 갓 태어난 아이는 처음이야."

안절부절못하고 앉았다가는 벌떡 일어난다. 화장실에 가려나 싶으면, 현관에서 밖의 상황을 살피다 발소리를 죽이고 옹벽 계단 쪽으로 간다. 사치코도 이따금 같이 일어나, 둘이서 살금살금 현관을 나선다.

"아아, 귀여운 애가 있어…… 흑백이, 귀여워."

미도리 외숙모가 거실로 돌아오더니 허공을 쳐다보며 말했다. 초승달 같은 가는 눈 안쪽이 반짝반짝 빛났다.

사치코는 갈색 호랑이 무늬 새끼를 두고 "사쿠라랑 꼭 닮았어"라고 말했다. 사쿠라는 사치코의 본가에 있던 고양이로, 몇 년 전 교통사고로 죽었다.

"이런 일, 흔치 않아."

사치코도 뜨거운 감정을 주체하지 못하는 말투였다.

"나는 있지, 어딘가에 새끼 고양이가 버려져 있으면 언제든지 구조해서 키울 생각이었어. 그런 생각을 하면서 걸어도 갓 태어난 새끼 고양이가 버려진 걸 지금껏 한 번도 본 적이 없어. 그런데 이 집에서 다섯 마리나 태어나다니……. 하늘이 내려주신 거야."

기록적인 폭염이라고 하는데도, 사치코와 미도리 외숙

모는 그 뒤로 사흘이 멀다 하고 찾아왔다. 그때마다 고양이 장난감, 빗, 캣그라스 등 우리 집에서는 써본 적 없는 것들을 가져와줬다.

하지만 사치코네 아파트는 반려동물을 세 마리까지만 허용하는데, 이미 세 마리를 키우고 있다. 네 마리를 키우기에는 집도 너무 비좁다.

미도리 외숙모는 반려동물 금지 아파트인데도 관리조합 몰래 십팔 년이나 고양이를 키워왔기 때문에, 외삼촌이 이 이상은 안 된다고 반대하고 있다.

이 여섯 마리 고양이를 어쩌면 좋을까……. 애호협회 사람 말처럼 이대로 두 달간 돌봐주다가 입양 보낸다 해도, 과연 다섯 마리 전부 입양처를 찾을 수 있을까? 만약 찾지 못하면 우리 집은 고양이투성이가 된다. 순조롭게 다섯 마리 모두 입양 보낸다 해도, 엄마 고양이를 데려갈 사람을 구하기는 어려울 것이다.

사치코는 하늘이 내려주셨다며 기적이 일어난 듯 기뻐했지만, 앞으로의 일을 생각하면 암담했다. 낮에 사치코나 미도리 외숙모가 있을 때는 북적북적해서 잠시 걱정을 잊지만, 저녁에 두 사람이 가고 나면 나와 엄마는 "어쩌지……" 하고 얼굴을 맞대고 깊은 한숨을 쉬었다.

느지막이 일어나 2층에서 내려가는데, 밑에서 "잘 잤어!" 하고 밝은 목소리가 들렸다. 사치코가 벌써 와 있었다. 휴직 중인 사치코는 아침부터 새끼 고양이들을 보러 출근 도장을 찍었다.

천 원 숍에서 조립식 수납함 등을 만드는 흰색 사각형 철망을 잔뜩 사 와서, 새끼 고양이들의 집 울타리를 만들 거라며 의욕이 넘쳤다. 옹벽 계단 밑에는 모기가 앵앵 날아다닌다. 이대로 두면 병에 걸릴 거라며, 엄마와 이야기해 현관 바로 안쪽으로 옮기기로 한 모양이었다.

철망을 비닐 끈으로 이어 사각형 울타리를 만든 사치코는 옹벽 계단 밑에서 박스를 살며시 감싸 안고는, 날카로운 눈으로 지그시 이쪽을 쳐다보는 엄마 고양이에게 "여기에 둘게" 한마디 하고 현관 안으로 들어왔다. 사치코가 만든 울타리 안에 박스가 계산한 듯이 쏙 들어갔다.

현관문을 열어둔 채 다들 거실에서 텔레비전을 보면서 슬쩍슬쩍 상태를 지켜봤다. 잠시 뒤, 엄마 고양이가 현관 앞에 와서 안을 들여다본다.

이윽고 현관 시멘트 바닥에 살며시 발을 들였다.

"왔다, 왔어……."

현관 마루로 올라와 새끼 고양이가 들어 있는 박스로 다가가, 사치코가 만든 울타리를 폴짝 뛰어넘어 자고 있는 아이들을 핥기 시작했다. 그리고 그 자리에 누웠다.

　그 뒤로 엄마 고양이는 우리 집 현관에서 새끼를 키우게 됐다. 현관이기 때문에 사람이 자주 지나다닌다. 처음에는 일일이 "하악!" 하고 털을 세웠지만, 얼마 지나지 않아 귀찮아졌는지 "아앙" 하고 입을 크게 벌릴 뿐, 하품하는 건가 싶을 정도로 건성으로 위협했다.

　고양이가 수유하는 모습을 처음 봤다. 엄마 고양이 배에는 포동포동 붉은 핑크 젖꼭지가 네 쌍, 여덟 개 있었다. 두더지들이 삐이삐이 울면서 모로 누운 엄마 고양이에게 모여들었다. 다섯 마리가 몰려들어 서로의 위로 기어 올라가기도 하고, 양옆으로 밀치기도 하고, 머리를 밀어 넣듯이 파고들기도 하면서 엄마 고양이 배에 달라붙었다.

　엄마 고양이는 쉴 새 없이 새끼를 핥았다. 한 마리, 한 마리 정성스럽게 눈곱이 말라붙어 떠지지 않는 눈을 핥고, 머리를 핥고, 등을 핥고, 항문을 핥고, 온몸을 구석구석 핥아줬다. 겉쪽을 다 핥으면 뒤집어서 배 안쪽을 핥았다. 그야말로 눈에 넣어도 아프지 않은 듯이 온몸을 핥아준다. 하나를 끝내면 다음 아이를 핥기 시작한다. 자는 아이도, 우는 아이도, 밑에 깔린 아이도 빠뜨리지 않고 핥았다.

새끼를 다 핥으면 이번에는 자신을 열심히 그루밍한다. 등도 배도 엉덩이도, 발가락을 쫙 펴서 그 사이까지 깨끗하게 핥는다. 그러고 나면 벌떡 일어나, 잠든 아기들을 두고 마치 한숨 돌리고 오겠다는 듯이 열린 현관문 밖으로 훌쩍 나간다. 엄마 고양이는 어디로 가는 걸까? 길고양이의 보금자리는 어디일까? 어디서 비와 이슬을 피하고, 어디서 잤을까?

이삼십 분 정도가 지나면, 엄마 고양이는 집으로 돌아와 현관을 지나 울타리 안에 몸을 누이고 새끼들에게 파묻혔다.

장마철 오후

"길고양이가 우리 집에서 새끼를 낳았어."

구라 씨에게 전화하자 "뭣이라!"라는 소리가 돌아왔다.

구라 씨는 요코하마 시내에서 미용실을 한다. 내가 주간지 작가였을 때 취재하다가 알게 된 사이로, 그럭저럭 사 반세기를 함께한 친구다.

나보다 두 살 아래로 독신. 어머니와 둘이 산다…….

어릴 때부터 고양이를 키웠고, 길고양이도 많이 돌봐서 고양이를 잘 안다. 길에서 고양이를 보면 총총 달려가 쭈그려 앉는다. "너 여기 사는구나" 하고 말을 걸면서 눈 깜짝할 사이에 길들인다.

구라 씨는 '히메코'라는 고양이를 가장 사랑했다. 어느 날, 챔프라는 수컷 고양이를 따라 불쑥 가게에 들어왔다고 한다. 히메코는 왜인지 "냐앙" 하고 울지 못했다. "햐" 하고 짧게 운다. 문이 열려 있어도 예의를 차리는지, 구라 씨가 "어서 와" 하고 말을 걸 때까지 절대 안으로 들어오지 않았다. 나도 구라 씨와 통화하는 중에 "히메짱, 어서 와", "햐" 하는 소리를 몇 번이나 들었다.

그 히메코가 죽은 뒤로 구라 씨는 몇 년이나 마음을 추스르지 못했다.

"다른 고양이를 키우면 되지 않느냐고 말하는 사람도 있지만, 그런 말을 들으면 더 슬퍼져. 히메코를 대신할 수 있는 고양이는 없어. 정말 착한 아이였는데."

이렇게 말하고는 북받치는 감정에 입술을 떨었다.

다음 미용실 휴일에 맞춰 구라 씨가 찾아왔다. 현관 앞에 서서 꼼짝 않고 울타리 안에서 아직 눈도 못 뜬 새끼들이 뮤우-뮤우- 울며 엄마 고양이를 둘러싼 모습을 바라보더니, 미끄러지듯 몸을 던져 현관 마루로 올라와서는 거기서 한 발짝도 움직이지 않았다.

구라 씨가 초등학생 때 옆집 부엌 개수대 아래서 길고양이가 새끼를 낳은 적이 있다고 한다. 구라 씨는 매일 학교에서 집까지 뛰어와 고양이를 보러 갔다. 그 뒤로 갓 태어난 새끼 고양이를 보는 건 처음이라고 했다.

엄마 고양이가 걱정하지 않도록 조용히 온화하게 지켜본다.

"······."

엄마 고양이도 구라 씨를 잠자코 관찰한다.

"······."

엄마 고양이는 한 번도 구라 씨를 위협하지 않았다. 먼저 다가선 건 구라 씨였다. 엄마 고양이 눈앞에 살며시 검지를 내밀었다. 엄마 고양이가 홀린 듯 코를 앞으로 내밀고 손가락 냄새를 맡았다. 그것이 고양이와의 인사법인 모양이었다.

"옳지, 옳지. 이렇게 하면 어쩐지 냄새를 맡지 않고는 못 배기겠지."

최면을 건 듯이 냄새를 맡게 한 다음 천천히 목 아래로 손을 뻗어 살살 어루만졌다. 엄마 고양이가 구라 씨의 손에 턱을 얹고 마음을 놓자, 그녀는 뒤통수, 정수리, 귀 주변을 "아이고, 착하다" 하면서 긁어줬다.

"고양이는 혼자서 온몸을 핥지만, 여기만은 그럴 수가 없잖아. 그래서 쓰다듬어주면 좋아해" 하고 설명해줬다.

"엄마가 젊네."

"그래?"

"하지만 첫 출산은 아닐지도 몰라."

"어떻게 알아?"

"차분해."

엄마 고양이는 황홀한 얼굴로 구라 씨에게 몸을 맡기고 그 손길을 즐겼다. 그러자 구라 씨는 미이-미이- 우는 작은 두더지들을 차례차례로 손에 올리고 슬쩍 엉덩이를 살폈다.

"너는 남자애구나. 이쪽은 여자애고…….'

그러고 보니 사치코와 미도리 외숙모도 남자애다, 여자애다 말했지만, 나는 그런 것을 따질 여유가 없었다.

모두 이남삼녀였다.

구라 씨는 밑에 깔려 있는 아이를 끄집어내서 "자, 너도 젖 많이 먹어야지" 하고 엄마 고양이 젖꼭지를 물려주기도 하고, 젖을 물고 자는 아이에게는 "이런, 일어나서 제대로 먹어야지" 하고 콕 찌르기도 하고, 대수롭지 않게 새끼들을 만진다.

"구라 씨, 그렇게 만져도 괜찮아? 사람 냄새가 나면 엄마 고양이가 새끼를 돌보지 않고, 죽이기도 하잖아."

"괜찮아, 이 엄마 고양이는. 사람에게 익숙해. 어쩌면 전에 사람이랑 같이 살았거나, 사람들에게 예쁨받았을지도 몰라."

구라 씨의 말에 불안이 하나 사라졌다…….

평화로운 오후였다. 둘이서 고양이 가족을 바라보며 시간을 보냈다.

어미는 새끼들에게 둘러싸여 있다. 얼룩이, 호랑이, 까망이, 줄무늬, 여러 모양이 엄마 고양이 배에 매달려 애벌레처럼 꿈틀거렸다.

"새끼 고양이 한 마리마다 천사 여섯 명이 따라다닌대."

"정말? 그럼 여기에는 지금 천사 서른 명이 북적대고 있구나."

구라 씨의 말에 나는 웃으며 대답했다.

"여기, 이것 좀 봐. 엄마 젖가슴을 주물러."

그 말을 듣고 자세히 살펴보니, 엄마 배에 주렁주렁 달린 새끼들이 작은 손으로 리드미컬하게 젖가슴을 주무르고 있다.

"만족스러운 마음에 주무르는 건데, 주무르면 또 젖이 잘 나오니까 더 만족스러워져서 이렇게 주무르는 거지. 그 기억이 남아서, 고양이는 다 커서도 때때로 넋을 놓고 앞다리로 담요나 쿠션에 꾹꾹이를 해.”

“그렇구나.”

새끼들은 젖을 먹다가 꾸벅꾸벅 졸았다. 꿈이라도 꾸는
지, 간혹 부르르 팔다리를 떨다가 다시 생각난 듯 젖을 주
무른다.

살아 있다……

우리는 시간 가는 줄도 모르고 매화꽃처럼 작은 손과,
가슴과, 자는 새끼들을 그저 바라봤다. 봐도 봐도 질리지
않는다. 이대로 계속 보고 있고 싶다…….

한창 육아 중.
다섯 마리가 엄마 젖가슴에 몰려들었다.
생후 한 달 즈음.

볕에 말린 이불에 감싸인 듯 폭신폭신한 기분이 들었다. 명치 부근이 따끈따끈하고, 따뜻한 물에 몸을 담근 것처럼 훈훈하다. 잘 자고 일어나 한껏 기지개를 켠 것처럼 마음도 몸도 상쾌하다. 피로도 어딘가로 사라졌다. 고민도 초조함도 모두 자취를 감췄다.

아무것도 필요 없다. 이대로 좋다…….

눈시울이 왈칵 뜨거워졌다.

함께여서 다행이야

고양이 보러 왔습니다

두더지 같았던 새끼들은 열흘 정도 지나자 눈을 떴다. 새끼 수달처럼 작게 접혀 있던 동그란 귀도 점점 삼각형이 됐다.

그러자 갑자기 눈이 동그란 귀여운 새끼 고양이가 됐다.

장마가 끝났다. 그 여름, 우리 집은 작은 '고양이 카페'였다. 이웃, 친척, 고등학교 동창, 편집자와 그 가족, 은사, 엄마의 취미 친구들, 단골 병원 간호사, 소꿉친구, 십 년 만에 만난 친구들, 다도 교실 사람들, 문화센터 친구들…… 새끼 고양이를 보러 사람들이 줄을 이어 찾아왔다.

손님들을 계속 현관 마루에 앉힐 수는 없어, 새끼 고양이 집을 거실로 옮겼다.

한 편집자는 선물로 사 온 장난감을 꺼내더니 "잠시 실례하겠습니다" 하더니만, 말을 뱉자마자 고양이 옆에서 휘두르기 시작했다. 곧 쉰이 되는 어른이 새끼 고양이를 상대로 진지하다. 이따금 나를 돌아보고, 어렵게 입을 뗀다.

"저, 한 시간만 더 있어도 될까요?"

"그럼요. 편히 계세요."

"그럼 조금만 더 실례할게요."

그렇게 저녁까지 고양이와 논다.

"오늘은 이쯤에서 돌아가겠습니다. 또 찾아뵐게요."

이렇게 정중하게 인사하고 돌아간 그 사람은 나중에 동료를 데리고 다시 놀러 왔다.

박스 옆에 엎드려서 "오늘 밤 여기에 이불 깔고 자고 싶네요" 하는 사람도 있었다. 모두들 온천에라도 들어갔다 나온 듯이 흐물흐물해진 얼굴로 돌아간다.

지즈코 이모는 영업 중에 시간을 쪼개 종종 찾아왔다. 새끼 고양이가 태어난 날, 엄마가 입고 있던 고양이 그림 티셔츠를 선물한 이모다. 엄마의 세 여동생 중 막내로 예순 살, 독신. 생명보험을 판매한다. 전철 두 정거장 거리에 살아서, 매주 일요일 저녁에는 우리 집에 와서 엄마가 해주는 밥을 함께 먹고 가고, 평일 낮에도 이런저런 이유를 만들어 새끼 고양이를 보러 온다.

지즈코 이모도 옛날에 '하나'라는 새하얀 새끼 고양이를 키웠다. 이모는 당시 사무직이었기 때문에 평일에는 집에 없었고, 하나는 꽉 막힌 아파트에서 이모가 돌아오기를 기다렸다. 그러던 어느 날, 이모가 외출했을 때 화재경보기가 작동해 소방차까지 출동하는 큰 소동이 일어났다. 경보기를 누른 것은 하나였다. 반려동물 금지 아파트였기 때문에 결국 지즈코 이모는 하나와 헤어질 수밖에 없었다. 하나는 시골 사촌 집으로 가, 가족들에게 둘러싸여 따뜻한 시간을 보냈다.

분명 새끼 고양이를 보면 하나가 생각날 테지.

"고양이는 사람 곁에 있고 싶어 하는 생명체야."

지즈코 이모는 이렇게 말했지만, 사실은 이모도 고양이 곁에 있고 싶은 것이다.

소설가 요코 씨가 얼마 전부터 수컷 고양이 두 마리와 산다는 소문을 들었다.

오랜만에 만난 김에, 분명 예뻐서 어쩔 줄 몰라 하고 있겠지 싶어서 안부를 물었더니 요코 씨는 어째서인지 근심 가득한 얼굴로 한숨을 쉬었다.

"그게 말이지……. 우리 고양이들은 어째 여지를 절대 안 주는 호스트 같아."

아침이 되면 요코 씨 침대에 들어와 몸을 딱 붙이고 그녀를 깨운다고 한다. 밥을 달라는 것이다. 그런데 배를 채우고 나면 손바닥 뒤집듯 태도가 변해 더 이상 근처에도 오지 않는다. 요코 씨가 안으려고 하면 힘껏 밀쳐내고 도망친다.

"내가 음란한 사람이라도 된 것 같은 심정이야. 잠자리에 여자를 끌어들이려고 했는데, 그 애가 '뭐야, 이 추잡한 영감탱이!' 하면서 도망치는 거지."

풀 죽은 요코 씨를 우리 집으로 초대했다.

거실에 있는 새끼 고양이를 보자 요코 씨는 "꺄아" 하고 새된 소리를 질렀다.

"그래. 오늘은 다른 고양이 냄새를 잔뜩 묻히고 가서, 우리 집 호스트들이 질투하게 만들 거야."

이렇게 의욕에 불타올랐다. 하지만 아직 엄마, 형제들을 꼭 껴안고 자고 있는데 사람에게 안기기는 싫었으리라. 안으려고 하자, 팔다리로 버티다가 버둥대며 도망친다. 요코 씨는 "부탁이야. 제발 안게 해줘~"하고 껴안았다가 고양이를 놓치고는 애달픈 한숨을 쉬었다.

대학 시절 친구들인 가오루와 쓰치야도 찾아왔다. 가오루는 편집자고, 쓰치야는 비영리단체에서 일한다. 가오루 집에는 갈릴레오, 우타마로, 피노코, 쓰치야 집에는 모구, 다마라는 고양이가 있다.

두 사람은 미이-미이- 우는 다섯 마리를 보면서 말을 주고받았다.

"얘, 죽은 쳄이랑 닮았어."

"얘는 갈릴레오랑 닮았네."

그러다 가오루가 기묘한 소리를 했다.

"아빠가 세 마리일지도 모르겠네."

"세 마리?"

"응. 고양이는 여러 수컷의 아이를 한 번에 낳을 수 있거든. 같이 태어났어도 아빠가 다른 경우가 많아."

"뭐, 정말!?"

"그렇다니까. 호랑이처럼 단독 생활을 하는 고양잇과 동물은 그래."

그러고 보니 가오루는 대학에서 생물학을 전공했다.

확실히 새끼 고양이들은 형제인데도 줄무늬, 줄무늬, 흑백이, 얼룩이, 얼룩이, 이렇게 무늬가 전혀 다르다. 옹벽 위에서 내렸을 때 고개를 갸웃했지만, 나는 한 번에 한 수컷의 자식밖에 낳을 수 없다고 잘못 알고 있었기 때문에 '분명 조상의 DNA가 섞여서 무늬가 여러 가지일 거야' 하고 나름대로 논리를 세웠었다. 고양이는 한 번에 여러 수컷의 아이를 낳을 수 있다는 말에 놀랐지만, 이야기를 들으니 납득은 간다.

어쩌면 다섯 마리의 '아빠들'은 지금도 이 주변을 돌아다닐지도 모른다. 엄마 고양이는 한쪽 다리를 곧게 들어 올린 망측한 자세로 자기 엉덩이를 핥는 데 정신이 없다.

"그렇구나. 너는 인기가 많구나……."

어느 날 밤, 동네에서 이발소를 하는 스가 자매가 우리 집에 찾아왔다.

스가 씨는 삼십 년 넘게 길고양이를 돌봐왔고, 가게 창문에는 '고양이 입양하실 분'이나 '가출한 고양이'를 찾는 전단지가 자주 붙어 있다.

대문 옆 화단에서 고양이가 새끼를 낳은 날, 엄마는 동물애호협회가 도와주지 않자 곧장 스가 씨네 가게에 가서 상담을 한 모양이다. 자매는 이후 가게 문을 잠깐 닫고 고양이를 데려가려고 우리 집 앞에까지 와줬다고 한다.

"몇 번이나 찾으러 왔는데 없어서, 어떻게 된 건가 하고요……."

두 사람은 현관 앞에 서서 목소리를 낮춰 조심스럽게 물었다. 엄마가 그 뒤의 일을 이야기해주지 않았던 것이다.

"들어오세요. 들어오세요. 지금 우리 집 거실에 있어요."

엄마가 자매를 거실로 초대했다. 울타리 안에서 엄마 고양이에게 우글우글 붙어 있는 새끼 고양이 다섯 마리를 보자, 자매는 손을 맞잡았다.

"너희를 집으로 데려오셨구나. 다행이다!"

"혹시 보건소에 연락해버린 게 아닐까 걱정했어."

자매가 울먹이며 말했다.

쓰치야가 자원봉사인인 다카코 씨를 소개해줬다. 다카코 씨는 거둬줄 사람이 없는 개, 고양이가 안락사되는 상황을 보고만 있을 수가 없어 정부를 상대로 '안락사 반대, 중성화 수술비용 보조'를 요구하는 운동을 펼치고 있다. 우리 집에 온 날도, 아픈 개를 차에 태워 동물애호협회 동물병원으로 데려가던 길이었다.

"지금 우리 집에 개, 고양이가 스물일곱 마리 있어요."

다카코 씨가 말했다.

이발소를 하는 스가 자매도 집에서 고양이 스무 마리를 돌보고 있다. 이렇게 돌봄을 받는 개, 고양이 중에는 교통사고나 학대를 당했거나 아픈 경우도 많은 모양이다. 동물들이 지낼 장소는 물론 돌봐주는 수고, 시간, 사료비, 치료비, 중성화 수술비 등 돈이 얼마나 드는지 나로서는 짐작도 가지 않는다.

"그 아이들을 위해 일한다고 할 수 있죠."

다카코 씨가 담박하게 웃었다.

지금까지는 보이지 않던 세계다. 지역마다 개, 고양이를 돌보는 그룹, 조직이 많다고 한다. 다카코 씨나 스가 자매처럼 개인적으로 보호 활동을 하는 사람들까지 합하면 대체 얼마나 많은 사람들이 유기묘, 유기견을 위해 움직이고 있는 걸까…….

키우던 동물을 버리는 사람도 끊이지 않지만, 세상에는 그렇게 버려진 동물을 보호하고, 구조하려는 사람도 많다는 걸 깨달았다.

박스를 현관 마루에 뒀을 때는 엄마 고양이가 열어놓은

현관문으로 자유롭게 들락거렸다. 밖에서 볼일을 보고 오는지 집에서는 실례를 하는 일이 전혀 없었다. 하지만 자원봉사를 하는 다카코 씨가 "밖에 내보내면 병에 걸려서 올 수 있으니 안에서 키우세요" 하고 말해줘서, 새끼 고양이들의 집을 거실로 옮기고 나서는 엄마 고양이를 밖에 나가지 못하게 했다.

그 즉시 사치코가 '고양이 모래'를 사 왔다. 고양이 화장실이다. 새끼가 모유만 먹고 자라는 동안에는 엄마 고양이가 항문을 핥아 배설을 돕고, 다시 핥아서 깨끗하게 뒤처리까지 한다. 하지만 새끼 고양이도 차차 화장실이 필요해질 테고, 엄마 고양이가 실내에서 지내도록 한 지금 고양이 화장실은 필수품이다.

요새 고양이 모래는 좋아서, 고양이가 볼일을 보고 모래를 덮으면 큰 것도 작은 것도 금방 굳는다. 냄새도 나지 않는다. 그걸 전용 삽으로 살살 떠서 변기에 버리면 된다⋯⋯. 사치코는 척척 설명하면서 사각 플라스틱 용기에 고양이 모래를 좌르륵 깔았다.

"고양이를 돌보는 건 정말 간단해. 개랑 달라서 산책시킬 필요도 없고, 게다가 짖지도 않고 말이지⋯⋯."

사치코는 "이모, 고양이는 정말 좋아~" 하면서 계속해서 엄마를 꾀었다.

"고양이는 정말 키우기 쉬워. 무엇보다 대학에 보내지 않아도 되잖아."

엄마가 "그건 그렇지" 하면서 웃는 소리를 들으니 마음이 복잡해졌다.

이렇게 화장실, 모래 등 서서히 준비가 되어간다. 이대로라면 우리 집에서 고양이를 키워야 할 판이다.

새끼 고양이들은 한창 귀여울 때였다. 엄마 고양이의 젖을 먹으며 조는 모습을 보고 있자면 마음이 녹아내린다⋯⋯. 그렇지만 역시 키우기는 망설여졌다. 주변에서 키우라고 권하면 어쩐지 반발심이 들었다. 이런 내 마음을 어떻게 해야 할지 알 수 없었다.

"혼자 사는 여자가 고양이를 키우면, 솔로를 각오했다는 의미야."

세상은 이런 식으로 말한다. 결혼 안 한 여자의 인생은 쓸쓸하다고 단정 짓는 듯한 심술궂은 말투에 여러 번 상처받으며 고집스럽게 살아온 탓인지, 어쩐지 세상이 말하는 대로 되는 것만 같아 솔직해질 수가 없었다. ⋯⋯아니, 이건 한낱 변명인지도 모른다.

살아 있는 생명체를 키우면 밥을 주고, 화장실을 치워줘야 한다. 간단하다고 해도, 매일 해야 한다. 생명체이니 아플지도 모른다. 중성화 수술, 예방주사도 필요하다. 돈이 든다. 고양이를 키우는 편집자는 고양이 뼈가 부러져서 치료하는 데 오만 엔이나 들었다며 앞으로 있을 일에 대비해 반려동물 보험에 들었다고 했다. 수입이 불안정한 프리랜서로서 돌봐야 하는 생명은 나 하나만으로도 버거웠다.

게다가 고양이는 발톱을 간다. 가구나 커튼을 너덜너덜하게 만든다. 온 집 안이 고양이 털투성이가 된다. 헤어볼을 뱉으려고 종종 토하기도 하는 모양이다. 가족 여행을 할 때는 반려동물 호텔에 맡기거나 펫시터를 부르는 사람도 있다고 들었다. 이것저것 생각하면 부담스러웠다. ……하지만 이 역시 변명일지도 모른다.

현실적인 수고나 부담은 분명 있지만, 키우기를 주저하는 이유는 이뿐만이 아니었다. 언젠가 구라 씨가 말했다. 고양이는 우리보다 빨리 나이를 먹고, 먼저 죽는다. 히메코가 죽은 뒤에 구라 씨는 집에 돌아가기가 싫었다고 했다. 아파트에 돌아가도 히메코는 없다. 그렇게 생각하면 눈물이 멈추지 않는다고.

"문을 열면 집 안 공기가 달라. 히메코가 오기 전으로 돌아간 게 아니라, 전부 완전히 변해버린 거야."

쓰치야도 처음 키운 고양이 '켐'이 죽고 마음에 구멍이 뻥 뚫려서, 그 구멍이 도저히 메워지지 않았다고 했다.

"시야 끄트머리로 스치는 거야. 켐이 항상 얼굴을 내밀었던 계단이라든가, 피아노 의자 위라든가, 밥 먹는 자리였던 싱크대 옆이라든가……."

고양이의 잔상은 집 안 곳곳에 남는다. 뒷모습, 발소리, 울음소리, 냄새……. 쓰치야는 그 마음의 구멍을 또다시 고양이를 키우는 것으로밖에 메울 수 없었다고 했다.

친구 게이코도 십팔 년 전에 죽은 고양이가 갖고 놀던 장난감을 최근까지 버리지 못했다고 했다. 뮤라는 샴고양이였는데, 태어나자마자 데려와서 체온으로 데운 새끼 고양이용 분유를 작은 스포이트로 먹여서 키웠다고 한다. 도쿄로 나올 때도 뮤와 함께였다. 아파트에서 줄곧 뮤와 단둘이 살았다. 뮤가 죽고 이사할 기회가 몇 번 있었지만 게이코는 지금도 같은 집에 산다.

"뮤를 여기 두고 가버리는 것 같아서……. 불쌍해서 이사할 수가 없어."

바람 부는 밤 이불 안에서 들었던 핑키의 사슬 소리나, 모모가 더는 없는 개집을 떠올렸다. 생명을 키우면 언젠가 이별이 찾아온다. 행복했던 만큼, 이자까지 붙어서 되돌아오나 싶게 슬픔이 왈칵 밀어닥친다. 귀엽다고 생각하면 할수록 언젠가 반드시 찾아올 이별을 두려워하지 않을 수 없었다. 더구나 나는 늙어가고 있다……. 고령이 된 이후의 상실은 분명 타격이 클 것이다. 그 쓸쓸함을 견뎌야만 할까? 그렇다면 아예 처음부터 없는 편이 좋다…….

그런 복잡한 마음이 뒤섞여, 나는 귀여운 새끼 고양이에게 끌리면서도, 사치코처럼 그 감정에 솔직해지지 못했다.

그런 와중에 새로운 문제가 생겼다.

창고 방의 미스터리

  며칠이 지나도 모래를 쓴 흔적이 없다……. 사치코가 마련해준 화장실이 깨끗하다. 사료는 잘 먹고 있다. 엄마 고양이는 벌써 며칠이나 밖에 나가지 않았다. 대체 어떻게 된 일인지 이상하다 싶기는 했다.

  어느 날 밤, 평소에는 쓰지 않는 2층 안쪽 창고 방에 선풍기를 꺼내러 갔다. 어두운 방에 형광등을 탁 켜니, 카펫 가장자리에 오줌이 흥건했다.

  '왜 이런 데 오줌이……?'

  이렇게 생각한 순간, 꺅 하고 소리를 질렀다. 엄마를 소리쳐 불렀다.

"무슨 일이야?"

계단을 올라온 엄마가 카펫을 보고 뒷걸음쳤다.

엄마 고양이가 배탈이 난 모양이었다. 한 번이 아니라 여러 번 여기서 볼일을 본 듯했다. 냄새가 엄청났다.

카펫을 통째로 버리고, 바닥을 닦고, 탈취 스프레이를 뿌렸지만 냄새는 좀처럼 빠지지 않았다. 2층에 올라오지 못하게 계단 입구에 합판으로 바리케이드를 쳤다.

그런데 고양이는 바리케이드를 폴짝 뛰어넘어 계단을 올라와, 다시 창고 방으로 가려고 한다.

계단 위에 숨어 있다가 "이놈!" 하고 막으면 고양이는 정색하며 "하악!" 하고 털을 곤두세우고, 어둠 속에서 으스스하게 눈을 빛냈다. 고양이도 설사로 괴로웠겠지만, 나도 창고 방을 다시 치우고 싶지는 않았다. 가만히 있어도 잠들기 힘든 열대야, 선잠을 자다가 악몽을 꿨다.

고양이가 눈을 요상하게 빛내더니 날카로운 발톱을 세우고 달려들어 나를 마구 할퀴었다. 땀에 젖어 눈을 떴다. 주저주저 창고 방을 보러 가니, 역시나 당했다.

한밤중에 고양이 오물을 치우느라 잠을 자지 못하다니. 수면 부족으로 짜증이 치솟았다. 며칠 만에 찾아온 사치코에게 괜히 신경질을 냈다.

"더 이상은 무리야. 역시 고양이랑은 못 살겠어."

"……그_으래_."

이국적인 얼굴의 미간 부근이 살짝 찌푸려졌다. 하지만 사치코는 냉정했다.

"노리코 언니, 고양이는 말이야, 개하고 달라서 길들일 수가 없어. 사람이 고양이의 마음을 이해하고 맞춰줘야 해."

말투는 부드러웠지만, 끈질기다.

"이 화장실을 쓰지 않는 건 뭔가 마음에 들지 않기 때문이야. 뭐가 싫은 걸까?"

이렇게 어디까지나 착실하게 긍정적으로 해결책을 찾았다.

"화장실 크기는 이 정도면 충분할 텐데. 모래 종류도 문제없고. 게다가 모래는 아직 쓰지 않았고."

이렇게 하나씩 점검했다.

"……혹시 위치 때문인가?"

사치코는 박스 옆에 둔 화장실을 거실 구석으로 옮겼다. 그리고 울타리를 만들고 남았던 철망을 비닐 끈으로 이어서 가리개를 만들어, 그대로 드러나 있던 화장실 주위를 디근 자로 둘러쳤다. 지켜보고 있던 엄마가 "이거 어때?"

하고 가리개에 꽃무늬 커튼지를 씌웠다. 그러자 고양이 화장실은 탈의실처럼 멋진 독실이 됐다.

그날 밤, 거실에서 같이 텔레비전을 보던 사치코가 소리 죽여 말했다.

"아, 들어간다……."

사치코의 시선을 따라가보니 엄마 고양이가 살며시 꽃무늬 커튼 속으로 모습을 감추고 있었다. 무심코 다 같이 시선을 나누고, 본체만체했다.

잠시 뒤, 독실에서 삭삭 하고 모래 소리가 나고, 커튼이 살짝 흔들렸다. 엄마 고양이가 화장실에서 나왔다.

"됐다."

"들어갔어."

엄마와 나는 얼굴을 마주하고, 사치코는 "아아, 그렇구나……" 하고 이해가 갔다는 듯이 고개를 끄덕였다.

"엄마 고양이는 너무 노출돼 있어서 싫었던 거야. 더 빨리 알아차렸어야 했는데, 몰라줘서 미안해."

사치코가 말한 대로였다. 그 뒤로 엄마 고양이는 꼭 화장실에서 일을 봤고, 더는 방을 더럽히지 않았다.

새끼 고양이는 하루가 다르게 성장했다. 생후 삼 주가 되자, 울타리를 기어오르기 시작했다. 처음에는 철조망 중간에서 떨어졌지만, 어느 날 보니 호랑이 무늬 아이가 울타리를 넘어 마침내 밖으로 나왔다. 그러자 다른 새끼 고양이들도 앞다퉈 기어올라 차례차례로 울타리를 넘기 시작했다.

박스 안에서 지내는 시대는 순식간에 끝났다. 새끼 고양이들은 비틀거리는 다리로 이리저리 흩어졌다. 거실 찬장 밑, 소파 뒤, 부엌 식탁 아래, 이렇게 아무 데나 들어간다. 어디든 새끼 고양이가 있어서 밟지 않도록 조심조심 걸어야 했다.

엄마 고양이가 갑자기 기묘한 소리를 내기 시작했다.

그르르, 그르르, 그르르르…….

여름 새벽녘에 비둘기가 구구 하고 우는 소리와 비슷하면서도, 목 안쪽에서 뭔가를 굴리는 것처럼 들렸다.

"이게 새끼를 키우는 어미 목소리야. 새끼 고양이를 부르는 거지."

새끼 고양이를 살피러 온 이발소의 스가 씨가 가르쳐줬다.

엄마 고양이는 하루 종일 그르르르 하고 목구멍을 울리면서 새끼 고양이를 돌봤다. 층층이 겹쳐져 자는 새끼 고양이들의 머리를 사랑스러운 듯 핥아주고, 한 마리라도 보이지 않으면 그르르, 그르르르 부르면서 집 안 곳곳을 뒤졌다. 찾으면 안심하고는 입과 코를 핥아준다.

이십사 시간 내내 집 어딘가에서 그르르르 하고 비둘기처럼 새끼 고양이를 부르는 소리가 났다. 새끼 다섯 마리의 행동 범위가 갑자기 넓어져, 엄마 고양이는 한시도 마음이 놓이지 않는 모양이었다.

그런 엄마 고양이를 보고, 엄마는 아이디어를 하나 떠올렸다. 남은 철망으로 울타리 위에 뚜껑을 덮자는 것이었다. 뚜껑을 꽉 닫아놓으면 새끼 고양이들이 마음대로 밖에 나올 수 없다. 다섯 마리가 사방팔방 흩어지는 일도 없고, 엄마 고양이가 걱정할 일도 줄어든다……. 엄마 생각은 그랬다.

그런데 엄마가 작업하는 모습을 가만히 지켜보던 엄마 고양이가 갑자기 이상하게 굴었다. 뚜껑을 달려고 하는 엄마 손을 머리로 밀치면서 자꾸 방해한다. 급기야 철망을 물고 미친 듯이 흔들어 끈을 끊어버렸다.

"아마 새끼 고양이를 가둔다고 생각했나 봐."

"그럴 수도 있겠구나……."

엄마는 뚜껑 다는 것을 포기했다.

하지만 그날 오후, 이 일로 인해 사건이 일어났다.

너의 이름은 '미미'

유지매미가 울고 있다.

엄마는 빨래를 걷으러 마당으로 나갔고, 나는 2층 창을 활짝 열고 원고를 쓰고 있었다. 1층에는 고양이만 있었다……. 현관문이 열려 있는 걸 깜빡했다. 내 귀에는 평소처럼 그르르, 그르르르 하는 엄마 고양이 울음소리가 들렸다.

빨래를 걷어 마당에서 거실로 바로 이어지는 툇마루로 들어온 엄마가 "앗!" 하고 외치는 소리가 들렸다. 우당탕 복도를 달려가 현관 쪽으로 뛰쳐나가는 소리가 났다.

"어디 가는 거야! 안 돼!"

이웃집 사사키 씨네 쪽에서 엄마의 비명이 들린다. 2층 창문에서 밑을 내려다보고 깜짝 놀랐다. 거실에 있는 줄 알았던 엄마 고양이가 옆집 창고 앞에 있었다. 새끼 고양이를 한 마리 물고 있다.

"거기 서! 새끼를 데리고 어딜 갈 참이야!?"

쫓아간 엄마가 외쳤다.

"밖에서 살아가는 게 얼마나 힘든데! 새끼들도 먹여야 하잖아. 무슨 생각인 거야!"

엄마 고양이 옆에 서서 굉장한 기세로 설교한다.

"괜찮으니까 잠자코 우리 집에 있어!"

떠나려는 고양이를 엄마가 붙잡았다……. 그 말을 듣는 순간 '아아, 엄마는 이미 마음을 정했구나' 싶었다.

엄마 고양이는 서슬 시퍼런 엄마에게 겁을 먹었는지, 아니면 도망치지 못할 거라 단념했는지, 물고 있던 새끼 고양이를 땅에 툭 떨어뜨렸다. 엄마가 재빨리 새끼를 주워 척척 집으로 돌아왔다. 엄마 고양이를 뒤쫓고 있었는지, 현관 시멘트 바닥에서 새끼 고양이 한 마리가 비척비척 걷고 있었다고 한다.

엄마 고양이는 스스로 돌아왔다……. 새끼를 데리고 가 출하는 일은 두 번 다시 없었다.

그로부터 며칠 뒤, 밖에서 돌아오는 나를 사치코와 엄마가 싱글싱글 웃으며 맞았다.

"노리코 언니, 엄마 고양이 이름 지었어."

"미미. 외국 여배우 같은 이름이 좋을 것 같아서."

엄마의 마음은 또 한 발짝 나아갔다…….

"불러봐. 벌써 제 이름인 줄 아니까."

엄마 고양이는 이쪽을 등지고 새치름하게 앉아 있다……. 그 등이 기모노를 입고 오비를 북 모양으로 불룩하게 맨 여자의 뒷모습과 비슷하다. 앞다리를 교양 있게 모으고 '정좌'를 한 듯하다.

어깨와 허리 부근에는 회색 구름이 둥실 떠 있는 듯한 무늬가 있다. 어깨 쪽 무늬는 보는 각도에 따라 천사의 날개가 되기도 하고, 마운틴고릴라의 옆얼굴이 되기도 한다.

"미미짱."

불러봤다. 그러자 등지고 있던 고양이가 휙 고개를 돌려 나를 봤다. ……하지만 별다른 용건이 있었던 건 아니다. 그저 이름을 불러봤을 뿐.

좀 있다가 또 "미미짱" 하고 불렀다. '왜?' 하고 말하듯 고양이가 다시 뒤돌아 나를 바라봤다.

세 번째로 "미미짱!" 하고 불렀을 때는 귀만 쫑긋 움직이고, 돌아보지 않았다. 그 등이 '또 그냥 불러본 거지' 하고 말하는 듯했다.

새끼 고양이를 낳은 아침, 옹벽 계단 중턱에서 "하악!" 하고 털을 곤두세웠을 때는 꾀죄죄한 길고양이였는데, 집에서 돌보며 영양가 있는 사료를 주고 빗질도 해주고 보니, 미미는 사실 눈이 휘둥그레질 정도로 아름다운 고양이였다. 앙고라토끼처럼 보송보송 부드러운 털이 풍성한데, 그 털이 또 눈처럼 희다. 어깨와 허리에는 회색과 검은색 줄무늬가 있어, 고등어 등을 닮았다. 흰색 바탕에 고등어 무늬가 있는 고양이를 '사바시로'*라고 하는 모양이다.

"미미짱은 새하얗고 우아해. 데버라 커를 닮은 거 같지?"

엄마가 말한다. 데버라 커는 영화 〈왕과 나〉에서 주연을 맡았던 영국 여배우다.

미미의 눈은 아몬드 형에 눈꼬리에는 아이라인이 선명하다. 눈은 밝은 데서는 라무네** 병처럼 시원한 청록색이고, 어두운 데에서 동공이 열리면 아주 동그란 검은색 눈동자가 됐다. 이마에는 앞가르마를 탄 듯한 무늬가 있다.

* 사바는 '고등어', 시로는 '희다'는 뜻
** 레모네이드가 잘못 전달돼 붙은 이름으로, 일본의 탄산음료

엄마 고양이 미미.
연령 미상.
눈이 그윽한 미인.
흰색 고등어로, 꼬리가 길다.

그리고 입 주위로 담갈색 얼룩이 있어서, 맑은 장국이 묻은 것처럼 보였다.

오랜만에 구라 씨가 새끼 고양이를 보러 왔다. 미미는 구라 씨를 기억하고, 구라 씨에게 얼굴을 비벼댔다. 구라 씨는 미미의 배에 얼굴을 파묻기도 하고, 하얀 손 안쪽에 있는 말랑말랑 부드러운 핑크 젤리에 코를 박고 냄새를 잔뜩 맡으면서 "풋콩 냄새가 나" 하면서 즐거워했다.

함께여서 다행이야

미미는 구라 씨가 하는 대로 가만히 있는다.

"미미짱, 달라졌네. 완전히 자리를 잡았어. 집고양이 다 됐네. 분명히 동네 길고양이들이 떠들어대고 있을 거야. '우리랑 한패일 때는 쥐처럼 꾀죄죄했던 미미가 말이야, 지금은 새하얘져서 곱디고운 집고양이가 됐다더라.'"

구라 씨는 아리따운 숙녀가 된 오토미를 본 요사부로처럼 건들거리는 말투로 엄마와 나를 웃겼다.*

엄마는 동네 길고양이 무리 맨 뒤에서 걷는 미미를 몇 번이나 봤다고 했지만, 미미는 처음부터 길고양이였을까? 구라 씨는 미미를 처음 본 날, 사람 손을 탔다고 했다. 혹시 집고양이였다면, 길을 잃은 걸까, 아니면 버려진 걸까…….

이름이 정해진 즈음부터 미미는 빠르게 달라지기 시작했다.

---

* 영화 〈기라레 요사부로切られ与三郎〉에서 연인이었던 요사부로와 오토미는 서로 죽은 줄 알고 있다가 삼 년 만에 재회한다.

우리 집 아롱이다롱이

욕실에서 이를 닦는데 장딴지가 살짝 따뜻한 기분이 들었다⋯⋯. 기분 탓인 줄로만 알았는데, 뭔가가 다리를 스윽 만지고 지나갔다.

발치를 보니 미미가 있었다. 내 주변을 빙 돌았다. 분첩처럼 부드러운 털과 희미한 온기가 피부를 간지럽혀, 산들바람이 스치는 것처럼 간질간질하다.

그날부터였다. 세수를 하고 있으면 미미가 발치에 와서 장딴지를 살며시 스친다. 어떨 때는 발 사이를 8 자로 돌고는 나를 올려다보며 눈부신 듯이 눈을 가늘게 뜨고 "햐앙" 하고 다정하게 운다.

"너한테도? 나한테도 그래."

내 이야기를 들은 엄마가 그다지 싫지 않다는 표정을 지었다.

내가 거실에 늘어져 있으면, 어느새 곁에 다가와 이마로 내 팔을 콩 민다. 때로는 코까지 들이미는지, 축축하고 차가운 것이 피부에 닿는다. 처음에는 콩 밀기만 하더니, 차츰 이마를 꾸욱 눌러댔다. 그 뒤통수를 보고 있자면 숨바꼭질하는 아이 같아서 찡하다. 내게 들이미는 이마의 감촉이, 이 생명이 내게 부딪쳐오는 '마음' 그 자체라고 느껴졌다. 그리고 꼬옥 껴안고 싶은 것을 참으면서 자그만 뒤통수의 줄무늬를 살살 쓰다듬었다.

새끼들 이름은 내가 붙였다. 이름에 마음을 담으면, 다른 데로 입양 갈 새끼 고양이들에게 정이 들어버릴 것 같아서 일, 이, 삼 하고 번호라도 붙이는 것처럼 임시 이름을 붙였다.

"나중에 진짜 가족이 좋은 이름을 지어줄 거야."

제일 처음 옹벽 위에서 내려준 호랑이 무늬는 남자애 중 첫째니 장남이라는 의미로 '다로'. 호랑이 무늬가 꿩 날개 색이어서 '기지토라'*라고 불리는 모양이었다. 다로는 이마에 M 자 무늬가 있는 아름다운 남자아이다. 유독 길고 가느다란 꼬리에도 줄무늬가 가득하다.

둘째도 남자애여서 '지로'. 엄마 고양이 미미를 빼닮은 '흰색 고등어'로 씩씩하고 멋있다. 왼팔에 완장을 찬 것처럼 줄무늬가 두 줄 있다.

셋째는 여자아이로 흑백 투톤 컬러인데, 새까만 부분이 도드라져 '구로'.

넷째는 얼룩이로, 체격 좋은 여자아이다. 보험 영업 중에 짬을 내서 찾아온 지즈코 이모가 "난카이 캔디즈**의 시즈짱을 닮았어" 하고 말해서 시즈짱이 됐다.

다섯째도 얼룩무늬 여자아이인데, 다른 형제보다 발육이 늦고 몸이 작다. 작지만 활발한 지인의 이름을 따서 '나나'라고 지었다.

다섯 마리의 활동 범위는 놀라우리만큼 넓어졌다. 나와 엄마뿐이던 집 안을 작은 털 뭉치 다섯이 통통 뛰며 종횡무진한다. 바닥뿐 아니라 수직 방향으로도 활동하게 됐다. 쓰레기통에 기어오른다. 커튼에 기어오른다. 책장에 기어오른다. 소파나 좌식 의자에 뛰어오른다. 형제끼리 곳곳에

* '기지'는 핑, '토라'는 호랑이
** 유명한 개그 콤비

서 장난을 치고, 뒤엉켰다.

새끼 고양이들은 실컷 놀다가 배가 고프면 미미의 젖에 주렁주렁 매달렸다. 흡사 운동회 기마전이다. 힘차게 밀어내는 놈, 머리부터 디밀고 젖을 향해 파고드는 놈. 미미는 드러누워 몸을 내놓고, 새끼들에게 둘러싸였다.

새끼 고양이들은 마음껏 젖을 먹고 배가 빵빵해지면, 좋아하는 자리에서 편한 자세로 잠을 잤다. 아코디언을 쫙 편 것 같은 녀석. 윗몸을 한번 비틀고 가랑이를 활짝 벌린 녀석. 만세를 해서 겨드랑이를 그대로 드러낸 녀석 등 새끼 고양이들이 자는 모습은 그야말로 무방비했다.

그런 모습을 보고 있자면 무심코 곁에 가서 입김을 불어보거나 "애, 애" 하고 손가락으로 콕콕 찔러보고 싶어진다. 그러면 귀찮은 듯 실눈을 뜰 뿐 또다시 사르르 잠들어, 드러누운 배의 털이 천천히 올라갔다 내려간다. 그런 평화로운 광경을 보면 피로도 어딘가로 날아가고, 어쩔 수 없이 웃음이 났다.

새끼 고양이들은 실컷 자고 나면 깨어나 크게 하품을 한다. 몸을 활처럼 길쭉하게 펴고, 젤리가 붙은 발바닥을 작은 매화꽃처럼 활짝 벌려 사지를 바닥에 벋디디고, 있는 힘껏 앞으로 기지개를 켜며 활동을 재개한다…….

손에 올라갈 만큼 작은 새끼 고양이들이지만, 노는 중간 중간에 사냥을 흉내 내는 모습이 일찌감치 보였다. 준비 자세를 취하고 있다가 갑자기 맹렬하게 뛰쳐나간다. 몸을 낮추고 높이 들어 올린 엉덩이를 실룩실룩 흔든다. 꼬맹이들의 폼 잡는 동작이 재미있어서, 눈을 떼지 못했다.

　　다로는 자주 그늘에 숨어서 사냥감을 노리는 척했다. 불과 삼 센티미터 정도 되는 문턱에 몸을 숨기고, 턱을 마룻바닥에 비벼댈 듯 자세를 낮추고, 엉덩이를 실룩거린다. 자기는 몸을 잘 숨겼다고 생각하겠지만, 훤히 다 보인다.

참말 다로. 잘생겼지만 엄청난 겁쟁이.
갈색 고등어로, 꼬리가 유독 길다. 생후 한 달 반.

　　　　　　　　　　　　　　함께여서 다행이야

'좋았어, 엄마를 뒤에서 덮치겠어' 하고 목표물을 정하고 확 뛰어올라 엄마를 등 뒤에서 덮치지만, 미미는 진즉 눈치채고 뱅그르르 화려한 배대되치기로 다로를 내던진다. 그래도 다로가 끈질기게 덤비면 마룻바닥에 깔아 눕히고 '어때, 이래도 달려들 거야!'라고 하듯 단단히 누르며, 자식에게 어른의 힘을 보여줬다.

새끼 고양이를 보러 온 사람들이 장난감을 여러 가지 사다 줬다. 그중에서도 특히 핑크 플라스틱에 기다란 고무줄이 달린 낚시대가 고양이들의 마음을 홀렸는데, 고무줄 끝에는 깃털과 작은 종이 달려 있었다.

이걸 마구 휘두르면 깃털이 둥실둥실 공중을 날고, 구슬이 짤랑거리고, 고무줄은 뱀처럼 마구 구불거린다. 새끼 고양이 다섯 마리의 작은 머리가 오른쪽, 왼쪽, 오른쪽, 왼쪽…… 하고 깃털이 날아가는 쪽으로 일제히 돌아가고, 이쪽으로 달렸다가 저쪽으로 달렸다가 우왕좌왕 흥분의 도가니가 된다.

그때 갑자기 엄마 고양이 미미가 뛰어든다. 야성의 본능을 드러내고, 고무줄 뱀에 맹렬하게 달려들어 짓누른 채로 물어뜯는 등 불이 붙은 것처럼 흥분한다. 유치원생 술래잡기에 느닷없이 부모가 정색하고 뛰어든 꼴로, 새끼들은 놀라서 재빨리 물러서버린다. 미미도 엄마라고는 하지만 한창 놀고 싶은 어린 나이인 것이다.

이 놀이는 항상 미미의 독무대로 대미를 맞이해, 나도 땀을 흘릴 정도로 열심히 깃털을 휘두르며 일대일 대결을 펼쳤다. 미미는 점점 열기를 띠다가 정점에 달한 순간, 느닷없이 깃털을 붙잡고 미친 듯이 마구 걷어찼다. (나는 미미가 이렇게 흥분한 상태를 '뒷발 팡팡'이라고 부른다.)

그러고는 갑자기 열광의 한가운데서 휙 제정신으로 돌아와 "안 할래!" 하고 총총 걸어간다. 혼자 남은 내가 "미미짱? 이것 봐, 미미짱!" 하고 깃털을 흔들며 꾀도, 언제 흥분했냐는 듯 구석에 벌렁 드러누워 열심히 그루밍을 한다. 놀아주려고 시작했는데, 어느새 미미가 나와 놀아주고 있었다.

그렇게 앉아서 한창 놀고 있을 때였다. 방을 대굴대굴 달리던 새끼 고양이가 폴짝 뛰었다가, 그쪽으로 다리를 쭉 뻗고 있던 내 허벅지 사이에 쏙 빠졌다.

"앗."

그 즉시 온몸의 힘이 빠져 움직일 수가 없었다. 바닥에 놓인 마리오네트처럼 더 이상 손가락 하나 까딱할 수가 없다.

"……."

다리 사이에 빠진 새끼 고양이의 몸은 양손으로 감싸일 정도로 작은데 속이 꽉 찬 것처럼 탄력 있고, 너무나 따뜻하다. 그 작은 것의 체온에 다리가 데워져 따끈따끈하고, 온몸에 봄이 온 듯 환희가 퍼져나가는 것을, 나는 겸연쩍은 마음으로 견뎌내고 있다. 이 작은 몸의 무게, 이 온기를 줄곧 애타게 기다려왔다는 느낌이 들었다.

바라건대 부디 지금 이대로, 잠시 이대로 있어주길. 이 작은 온기를 조금만 더 느끼게 해주길…….

하지만 새끼 고양이는 내 마음 따위는 안중에도 없다. 새가 날아가듯 휙 달려가 소파에 뛰어올랐다가 커튼을 기어오른다.

힘이 빠져버린 나만 남았다.

다로는 호기심 왕성한 개구쟁이 선머슴이다. 울타리를 기어오르는 것도, 미미를 덮치는 것도, 뭐든 맨 먼저였다. 태어난 순서는 알 수 없지만, 엄마는 다로를 '장남'으로 단정하고 이렇게 감탄했다.

"역시 장남이네. 뭐든 앞장서서 하잖아."

엄마는 다로의 예쁜 갈색 호랑이 무늬가 마음에 든 것

같았다.

"다 크면 이 무늬가 어떻게 될지 보고 싶네. 이 줄무늬가 점점 늘어날까? 아니면 줄무늬랑 줄무늬 사이가 넓어질까?"

"그러게요. 어떻게 될까요?"

사치코가 엄마의 말에 웃음을 참으며 대꾸한다.

이 '장남'은 제 가족 앞에서만 활개를 치고, 사실은 소심했다. 엄마, 형제 앞에서는 장난꾸러기지만, 마룻바닥이 삐걱거리는 소리만 나도 깜짝 놀란다. 재채기 소리에 놀라 공중으로 펄쩍 뛰어오르기도 한다. 모르는 사람이 오면 눈 깜짝할 사이에 어딘가로 숨어버린다. 다른 형제들이 다 나와도, 다로만은 한참이나 모습을 보이지 않는다.

"다로, 다로, 어디 있어?"

집 안 곳곳을 찾아도 보이지 않는다.

"설마 밖으로 뛰쳐나간 건 아니겠지?"

걱정하고 있는데, 책장의 책과 선반 사이 오 센티미터 정도 틈에서 기묘한 끈 하나가 늘어져 있는 것을 발견했다. 어딘가에서 본 적 있는 줄무늬…….

"아, 여기 있다!"

끈은 다로의 꼬리였다.

차남 지로.
씩씩하고, 겁이 없다.
엄마 미미를 빼닮은 황색 고등어.
생후 한 달 반.

　지로는 다로와 반대로 사람을 무서워하지 않고, 처음 보
는 사람에게도 아무렇지 않게 다가간다. 엄마처럼 아몬드
모양 눈에 야무지게 생겨서 틀림없이 잘생긴 성묘로 자라
리라. 왼팔의 완장 같은 무늬가 멋지다.

　"그냥 지로가 아니야. 시라스 지로*의 '지로'라고."

　엄마는 지로에게 푹 빠져 이렇게 말했다.

　새끼 고양이들이 노는 것을 보고 있자면 다로와 지로는
격하게 맞붙기도 하고 서로에게 질세라 커튼 위쪽까지 기

---

* 2차 세계대전 이후 주로 활약한 실업가로, 일본에서 처음 청바지를 입는 등
　멋쟁이로 알려져 있다.

어 올라가기도 하지만, 여자아이들은 그저 서로 장난치는 정도로, 거칠게 군 적이 없다. 사람도 잘 따라 곁에 와서 어리광을 부리기도 하고, 말을 거는 것처럼 울기도 한다. 이렇게 어릴 때부터 남자 고양이와 여자 고양이는 노는 모습부터 행동까지 전혀 달랐다.

구로는 어리광쟁이로 해맑은 여자아이다. 등은 윤기 흐르는 새카만 색인데, 가슴부터 머리까지는 새하얗고, 이마에는 흰색 털이 M 자로 곱게 나 있다. 푸른빛이 도는 회색의 큰 눈으로 무슨 말이라도 거는 것처럼 사람을 지그시 똑바로 바라본다. 다섯 형제 중에서도 가장 수다쟁이로, "삐에, 삐에" 하고 말을 걸듯이 잘 울었다.

구로. 사람을 잘 따르고,
삐에삐에 우는 여자아이.
흑백 조합에 이마에 흰색 M 자가 있다.
생후 한 달 반.

함께여서 다행이야

구로는 자는 모습도 재미있다. 아저씨처럼 다리를 꼬고 드러누워서 잔다. 잠들면 다른 형제가 젖을 먹어도 일어나지 않고, 불러도 흔들어도 눈을 뜨지 않는다.

새끼 고양이를 보러 온 사람들은 다로, 지로는 잘생겼고, 구로는 귀엽다면서 "미미짱 새끼들은 다들 예쁘네" 하다가 시즈짱의 얼굴을 보면 "어머?" 하고 당황했다.

"얘는 무슨 일이 있었던 거야?"

"살짝 망쳐버렸네."

이러면서 웃음을 터뜨리곤 했다. 시즈짱은 온몸이 홀스타인 같은 얼룩으로, 얼굴에도 예외 없이 반점이 있다. 왼눈과 코에 빗방울 모양의 커다란 반점이 있어서, 검은 안대를 한 코알라처럼 보였다. 게다가 시즈짱은 형제 중에도 눈곱이 가장 많아서, 양 눈 모두 아래 눈꺼풀을 잡아당기면서 '메롱' 하는 것 같았다.

'얘는 데려갈 사람이 없을지도 모르겠다' 하고 생각했다.

하지만 시즈짱은 마이페이스다. 주변이 어떻든 동요하지 않는 성격으로, 형제들이 뭘 해도 상관하지 않았다. 젖을 먹고 싶으면 먹고, 자고 싶으면 자면서 무럭무럭 자랐다.

나나도 시즈짱과 같은 홀스타인 무늬로, 왼눈 언저리에 검은 반점이 있다. 햄스터 같은 핑크 코를 기준으로 앞가

시즈짱. 형제 중 가장 큰 여자아이.
얼굴에 검은 안대를 한 코알라 같은 무늬가 졌다.
생후 한 달.

르마를 한 듯한 무늬다. 나나는 호리호리하고 얌전했다.
태어나자마자 물웅덩이 같은 데 빠졌던 모양인지, 풀고사
리 수풀 틈에서 꺼냈을 때는 젖은 생쥐 꼴이었다. 시간이
지나도 네 다리가 가느다랗고, 배가 볼록 나와 미숙한 느
낌이 들었다. 젖을 먹을 때도 항상 형제들보다 뒤처진다.
걸음걸이도 미숙했다. 태어난 순서는 모르지만, 나나는
'막내'로 보였다. 미미 곁에 딱 붙어 떨어질 줄 모르고, 누
가 오면 재빨리 미미 뒤로 숨는다.

나나. 가장 작은 여자아이.
젖을 먹을 때도 항상 형제들보다 뒤처졌다.
흑백 젖소 무늬에 코가 핑크색이다.

　나는 이렇게 작은 새끼 고양이들이 벌써 '개체'로 살아
간다는 데 날마다 놀랐다. 생각해보면 그때까지는 고양이
의 얼굴조차 자세히 들여다본 적이 없다. 그리고 고양이는
고양이 습성대로 살아가겠지 하는 수준의 잡박한 인식밖
에 없었다.

　그런데 이렇게 매일 새끼 고양이를 보고 있으니 한 마
리 한 마리가 모두 다르다. 옹벽 위 풀고사리 덤불을 헤치
고 장갑 낀 손으로 붙잡은 순간에도 다로는 장난을 좋아하
지만 소심했고, 지로는 여유롭고 대범했고, 구로는 사람을
잘 따랐다. 시즈짱은 마이페이스, 나나는 연약하고 얌전했
다. 태어난 그날 아침부터 아이들은 이미 성격도 행동도
하나하나 달랐다. 그들은 자신만의 천성을 타고나, 그 자
신을 살아가고 있는 것이다.

부모의 마음

생후 한 달이 되자, 자원봉사를 하는 다카코 씨가 새끼 고양이에게 이유식 먹이는 법을 가르쳐줬다.

성장기의 새끼 고양이에게 필요한 영양이 들어간 건식 사료를 자묘용 우유로 불려서 먹인다고 한다. 우유를 잘박 잘박하게 부은 사료는 흐물흐물하게 불은 쿠키 같아서 새 끼 고양이도 먹기 쉬울 것 같았다.

핑키나 모모 때는 먹고 남은 밥에 먹고 남은 생선을 얹 고 된장국을 부어 줬던 것을 생각하면, 아무리 그런 시대 였다고는 하지만 미안한 마음이 배어 나온다. 엄마도 같은 생각을 한 모양이다.

"아아, 핑키나 모모도 제대로 된 사료를 줬더라면 좀 더 오래 살지 않았을까? 가엽기도 하지."

이따금 이렇게 중얼거리면서 미미의 사료와 새끼 고양이들의 이유식을 준비한다.

저녁 무렵, 엄마가 부엌에서 사료를 준비하기 시작하면, 씻어서 겹쳐놓은 법랑 그릇 두 개의 가장자리가 맞부딪혀 쨍그랑쨍그랑 소리가 난다. 그러면 새끼 고양이 다섯 마리가 우르르 엄마 발치에 모여들어 미이─미이─ 운다. 작아서 조심하지 않으면 밟을 것 같다.

이유식 그릇을 바닥에 두면, 한창 자라나는 새끼 고양이들은 일제히 그릇으로 달려들어 서로 밀면서 머리를 집어넣는다. 미미 사료 그릇도 근처에 뒀다. 그런데 미미는 왠지 사료 가까이 오려고 하지 않는다. 하루 종일 새끼 고양이를 쫓아다니며 돌봐서 배가 고플 텐데…….

다섯 새끼들이 그릇에 머리를 처박고 열심히 먹는 동안, 미미는 조금 떨어진 데서 바닥에 찰싹 엎드려 동그랗게 만 손을 가슴팍 밑에 집어넣고, 이따금 느긋하게 눈을 반쯤 감는다. 고양이 업계에서는 이걸 '식빵 자세'라고 부르는 모양인데, 내 눈에는 옷을 어깨에 걸치고 양손을 안에 감춘 것처럼 보인다.

"미미짱, 좀 먹어봐."

그릇을 가져다주면 미미는 고개를 휙 돌린다. 그 모습이 완고하고 관록 있었다.

새끼 고양이들은 먹을 만큼 먹으면 자그마한 앞다리로 열심히 얼굴을 닦거나 손을 핥고, 소파나 좌식 의자에 기어오르고, 서로를 베개 삼아 제각기 뒹군다. 그걸 모두 지켜보고 나서야 미미는 천천히 일어나 느긋하게 사료를 먹으러 간다.

"저것 좀 봐. 새끼들을 다 먹이고, 자기는 마지막에 먹네. 엄마구나, 엄마야."

엄마는 감탄했다.

미미는 어째서인지 사료를 일단 그릇 바깥으로 꺼내서 바닥에 두고 먹었다. 바닥이 더러워진다며 엄마가 그릇을 미미 앞으로 바짝 대주지만, 미미는 그릇에서 바로 사료를 먹으려 하지 않았다.

어느 날, 그 모습을 본 사치코가 내게 살며시 속삭였다.

"미미짱은 길고양이였잖아. 밥을 두고 다툴 때 분명히 저렇게 조금 떨어진 데로 갖고 가서 먹었을 거야. 몸집이 작은 고양이는 어떻게 해도 약한 처지로 내몰리니까."

나는 사치코의 통찰력에 깜짝 놀랐다. 길고양이 사회에

서 미미가 어떻게 살아왔을지……. 음식 쓰레기에 몰려드는 길고양이 무리에서 조금 떨어져, 부스러기를 먹는 작은 미미의 모습이 그려졌다.

어느 날 밤, 이미 모두 잠들었을 아래층에서 갑자기 "어머나!" 하고 엄마 목소리가 들렸다.

2층에서 원고를 쓰고 있다가 무슨 일인가 싶어서 밑으로 내려왔다. 잠옷을 입은 엄마가 복도에 서 있다.

"무슨 일이야, 이 한밤중에."

"미미짱이……."

엄마가 울먹거렸다.

엄마는 이상한 소리가 나서 눈을 떴다고 한다. 부스럭부스럭, 부스럭부스럭, 부스럭부스럭……. 소리는 부엌 쪽에서 들렸다. 무슨 소리지? 일어나서 부엌으로 가 불을 켰다. 그러자 미미가 묵직해 보이는 커다란 봉투를 물고 죽을힘을 다해 잡아당기고 있었다. 엄마가 식탁 밑에 둔 자묘용 사료 봉투였다. 제 몸보다 큰 봉투를 부스럭부스럭 끌고 겨우 복도까지 온 참이었다. 엄마는 미미의 필사적인 모습에 크게 감동받았다.

"미미는 한창 자라는 새끼들을 배불리 먹이고 싶었던

거야. 작은 몸으로 이렇게 무거운 봉투를 질질 끌고 오다
니…… 그 모습을 보니 눈물이 다 나더라고."

그즈음 새끼 고양이가 고양이 모래를 쓰기 시작했다. 아
침에 일어나니, 엄마가 "여기 좀 와봐!" 하고 나를 손짓해
불렀다.

"아까 다로가 처음으로 고양이 모래에 소변을 봤어. 작
은 손으로 제대로 예절 바르게 모래를 덮었다고. 메추라기
알 같은 덩어리가 딱 있었어."

이렇게 좋아서 어쩔 줄 몰라 했다. 엄마는 손자가 예뻐
서 물고 빠는 할머니처럼 "다로가 고양이 모래에 볼일을
봤어" 하고 여기저기 전화를 돌렸다.

아이들용 화장실은 미미 화장실과는 따로 새끼 고양이
들이 지내는 상자 옆에 뒀다. 다로가 고양이 모래를 쓰기
시작하자 구로, 지로…… 이렇게 모두 차례로 쓰기 시작
했다. 새끼 고양이가 온순한 표정으로 모래 위에 다소곳이
잠시 앉아 있다가 작은 앞발로 쓱쓱 모래를 덮는다. 아무
도 가르쳐주지 않았는데 볼일을 본 뒤에 알아서 모래를 덮
는 것이 신기했다.

새끼 고양이가 나가고 난 뒤에 삽으로 파면, 알사탕 같

은 모래 덩어리가 데굴데굴 나온다. 그게 정말 귀엽다. 엄마는 파낸 덩어리를 잠시 장식처럼 모래 위에 늘어놓고 바라봤다.

이윽고 큰일도 보게 됐다. 작은 마카로니 정도의 똥에 모래가 골고루 묻어 있었다.

눈곱은 좀처럼 나아지지 않았다. 미미는 그르르르 울면서 새끼들의 얼굴을 정성스레 핥아줬지만, 눈곱으로 풀칠돼 눈이 붙어버린다.

동물애호협회 수의사에게 상담하니, 아침과 밤 하루에 두 번 눈에 꼭 넣어주라며 세정액과 안약을 내줬다. 이대로 내버려두면 안구가 위축돼 실명할 수도 있다고 하니 책임이 막중하다.

엄마와 나 둘이서 새끼 고양이들에게 안약을 넣어줬다. 엄마가 새끼 고양이를 한 마리씩 붙잡아 타월로 꽁꽁 싸매 얼굴만 내놓는다. 나는 붙어버린 눈을 손가락으로 억지로 열고, 세정액으로 닦은 다음 안약을 한 방울 떨어뜨린다. 새끼 고양이들은 필사적으로 발버둥치면서 미이–미이– 울부짖는다. 아비규환이 따로 없다.

며칠 약을 주면 눈이 낫지만, 약을 끊으면 도진다. 미미가 새끼들의 얼굴을 핥기 때문에, 낫지 않은 아이가 하나라도 있으면 금방 다른 형제에게 옮는다. 모두 다 나을 때까지 끈기 있게 약을 넣어주지 않으면 안 됐다. 얼마 가지 않아, 새끼 고양이들은 엄마가 타월만 들어도 사방으로 뿔뿔이 도망쳤다. 그 뒤를 쫓으며, 한 마리 한 마리 붙잡아 울부짖는 새끼 고양이에게 약을 넣어주는 것이 아침저녁 일과가 됐다.

미미는 처음에는 나와 엄마가 새끼 고양이를 붙잡아 타월로 꽁꽁 싸매면 낮은 목소리로 길게 울며 우리를 방해했다. 하지만 이윽고 잠자코 지켜보게 됐다. 새끼 고양이가 아무리 울부짖어도 일절 방해하지 않고 우리 마음대로 하게 내버려뒀다. 그런 미미를 보고 엄마는 말했다.

"다 아는 거야, 미미는. 괴롭히는 게 아니라 새끼 고양이를 위해 하는 일이라는 걸."

풀 죽은 고양이

미미는 알 수 없는 고양이였다. 멀리서 이쪽을 지그시 바라볼 때가 있다. 꼼짝도 하지 않고 한곳을 바라보는 그 시선이 어딘가 깊숙한 곳에서 나오는 듯해 좀 <u>으스스</u>하다.

바라보는 걸 내가 눈치챘다는 걸 알면 미미는 서둘러 시선을 돌린다. 그리고 일부러 고양이답게 손 같은 데를 핥으면서 아무것도 보지 않은 척을 한다.

그렇게 순간적으로 허둥대는 모습이나 눈속임을 이따금 목격했다.

어느 날, 미미가 맹장지를 할퀴어 크게 찢었다.

"이놈!"

"안 돼!"

엄마와 나는 큰 소리로 혼냈다. 미미는 휙 우리 얼굴을 보고, 찢긴 맹장지에 시선을 보냈다가 그 자리를 훌쩍 떠났다. 지켜보니, 툇마루 구석에 찰싹 엎드려 앞다리에 턱을 얹고 마당 쪽을 바라보고 있다. 다른 때라면 끈질길 정도로 몸을 부비고 이마를 몇 번이나 콩콩 박았을 텐데, 절대 이쪽을 쳐다보지 않는다.

"풀이 죽었네……."

엄마가 내게 눈짓을 보냈다. 조금 있으니 미미는 슥 일어나 거실을 가로질러 갔지만, 우리 곁에 다가오려고는 하지 않았다.

"미미! 미미짱!"

몇 번이고 불렀지만 돌아보지 않고, 이번에는 우리를 등지고 복도에 앉는다.

……침묵하는 등에서 고집이 느껴졌다.

그래서 나는 아무렇지 않게 미미 옆을 지나치는 척하다가 갑자기 빙글 정면으로 돌아서서 "미미짱!" 하고 얼굴을 들여다봤다.

그때 미미가 순간적으로 보인 행동에 나는 깜짝 놀랐

다…….

눈과 눈이 마주친 순간, 미미는 당황해 어쩔 줄 몰라 사방팔방을 힐끔거리면서 날아다니는 벌레나 모기를 눈으로 좇는 척했다.

벌레도 모기도 없는데…….

뜨끔했다. 설마 싶었지만, 지금 본 장면은 그렇게밖에 생각할 수 없다.

'지금은 거북해서 눈을 마주치고 싶지 않아' 하는 미미의 마음이 손바닥 보듯 훤히 전해졌다.

대체 이 생명체는…….

다음 날 아침, 내가 욕실에서 여느 때처럼 양치질을 하는데도 미미는 다가오지 않았다. 거실에 있어도 데면데면하고, 우리와 결코 눈을 맞추지 않는다. 집안 공기가 딱딱했다.

"아직 안 풀렸어……."

엄마가 눈짓을 보냈다.

나는 미미 옆에 앉아 등을 쓰다듬었다. 미미는 움찔했을 뿐 돌아보지 않았지만, 정성스레 가만가만 등을 쓰다듬으니 결국은 내 앞에 벌렁 드러누워 배나 턱을 긁게 해줬다. 시간을 들여 느긋하게 긁어주고 나서 일어나 2층 작업실로 올라갔다.

그 뒤의 일은 나중에 엄마에게 들었다. 내가 2층으로 올라가자 미미는 일어나서 엄마 앞으로 가서 앞다리로 엄마 바짓단을 살짝 잡아당기더니, 이번에는 엄마 발치에 벌렁 드러누웠다고 한다.

"나하고도 화해했다고."

엄마가 한쪽 눈을 찡긋하며 웃었다.

생후 한 달 반이 되자 새끼 고양이들은 '계단 등정'에 도전하기 시작했다. 전에는 불과 삼 센티미터 문턱도 올라가지 못했는데, 지금은 제 키보다 높은 계단에 과감하게 도전한다. 우뚝 솟은 계단을 똑바로 올려다보며 착지점을 겨냥해 점프한 다음 대롱대롱 매달려서 겨우 한 칸을 오르고서는 또다시 다음 한 칸에 도전한다. 새끼 고양이 다섯 마리가 서로 뒤질세라 우뚝 솟은 수직 벽에 매달린다.

처음에는 몇 칸을 오르면 내려갈 일이 두려워지는 듯했다. 나나는 도중에 웅크려 앉아버리고, 구로도 올라갈까 내려갈까 갈팡질팡했지만, 새끼 고양이의 성장은 놀라우리만큼 빨랐다. 어제는 못 했던 걸 오늘은 한다. 불과 며칠 만에 2층 작업실과 1층을 잇는 열네 칸 계단이 운동장이 됐다.

한밤중에 우다다우다다! 하고 운동회가 시작된다. 작은 털 뭉치 다섯이 일제히 계단을 달려 올랐구나 싶으면 이번에는 단숨에 달려 내려간다.

"우다다우다다! ……우다다우다다! ……우다다우다다!"

몇 번이고 왕복한다.

새끼 고양이들은 씩씩하게 자라, 이내 날렵함과 점프력을 갖췄다. 계단을 고무공처럼 튀어 올라갔다가 훌쩍 난간에 올라탄다. 이제는 가파른 계곡을 단숨에 달려 내려간 장수 요시쓰네*처럼 휘몰아치듯 계단을 뛰어 내려갈 수 있게 됐다.

"다다다다다! ……다다다다다! ……다다다다다!"

거실, 침실 할 것 없이 다섯 마리가 탄환처럼 날아다닌다. 무심코 거실에서 뒹굴며 텔레비전을 보고 있으면 배나 가슴을 차인다. 아무래도 아슬아슬하게 스치며 달리는 것이 재미있는 모양이다. 어떤 때는 일부러 부딪쳐서 그 여세를 드높인다. 아무리 새끼 고양이라도 있는 힘껏 날아오

* 가마쿠라 막부 때 장수. 험준한 계곡을 타고 내려가 히요도리고에 전투에서 승리했다.

기 때문에 얼굴이라도 차이면 정말 아프다. 엄마와 나는 날아다니는 탄환 속에서 "유탄이다!" "엎드려!" 하고 외치면서 웃었다.

새끼 고양이들은 귀여움이 절정에 달했다. 슬슬 헤어질 날이 가까워지고 있었다.

3장

가을의

이별

온 세상이 고양이

생후 한 달이 조금 지났을 때부터 입양자를 찾기 시작했다. 디지털카메라로 귀여운 표정을 잔뜩 찍어서, 자원봉사자인 다카코 씨에게 고양이 입양 관련 홈페이지에 올려달라고 부탁했다.

"노리코 언니, 고양이는 때가 되면 부모한테서 완전히 독립해. 입양은 그때 가서 알아봐도 되지 않을까?"

사치코가 말했다.

그 기분은 안다. 조금이라도 더 새끼 고양이를 보고 싶겠지. 함께 사는 동안 몇 번이나 내 무릎에 올라왔다……. 그 작은 온기를 언제까지나 만끽하고 싶은 건 나도 마찬가

함께여서 다행이야

지다. 하지만 새끼 고양이는 하루가 다르게 성장하고, 크면 클수록 데려갈 사람이 적어진다. 만약 입양자를 찾지 못하면 우리 집에서 여섯 마리를 돌봐야만 한다.

다로, 지로, 구로, 시즈짱, 나나. 다섯 마리 각각의 얼굴 사진과 무늬의 특징과 체중을 적고, "7월 1일에 대문 옆 화단에서 태어났습니다. 이 아이를 가족으로 맞아 책임지고 평생을 돌봐주실 분을 찾습니다"라는 말을 덧붙였다.

유기묘를 셀 수 없이 많이 본 다카코 씨는 말했다.

"다들 처음엔 예뻐하죠. 하지만 전근, 이혼 같은 사정이 생기잖아요? 그러면 고양이는 버려지는 거예요."

처음부터 학대하려고 고양이를 데려가는 사람도 있다고 한다. 그런 불행한 일을 당하지 않도록 다카코 씨는 입양자를 신중히 고르고, 계약서를 쓰고, 그 뒤에도 고양이의 일생을 지켜본다.

홈페이지에는 셀 수 없이 많은 고양이들이 올라와 있었다. 모두들 입양해줄 사람을 기다리고 있다. 다들 유기묘, 길고양이였다. 미미나 지로 같은 '흰색 고등어', 다로 같은 '갈색 고등어', 시즈짱이나 나나 같은 '얼룩 젖소'……. 세상에는 흰색 고등어도, 갈색 고등어도, 얼룩 젖소도 참 많았다. 미미와 다섯 새끼들은 너무나 흔한 잡종 고양이였다.

하지만 아무리 비슷하게 생긴 고양이가 있다 한들, 우리 집 화단에서 태어난 새끼 고양이는 다섯 마리뿐이다. 그날 내 손안에서 미이-미이- 울었다. 우리 집 현관에서 엄마 고양이의 젖에 몰려들고, 거실에서 형제들과 놀면서 이렇게 컸다. 사랑스럽지 않을 리 없다. 다섯 아이들은 이미 내게 특별한 새끼 고양이였다.

세상이 온통 고양이로 가득한 것처럼 보이기 시작했다……. 가는 곳마다 고양이가 있다. 수영장 화단, 국숫집 앞, 공원 음수대, 주차장 차 밑……. 텔레비전이나 잡지를 봐도 유난히 고양이만 눈에 들어온다. 고양이 사료 광고에는 말할 것도 없고 보험사 마스코트로 등장하는가 하면, 술이나 자동차 광고, 신문 광고, 뉴스 스튜디오 안에서도 고양이가 아무렇지 않게 걸어 다닌다.

"아, 또 고양이야."

내가 손가락으로 가리켰다.

"그러게. 요즘 텔레비전에 유난히 고양이가 자주 나오더라. 붐인가 봐."

엄마도 고개를 끄덕인다. 대체 언제부터 텔레비전에 고양이가 이렇게 많이 나왔나 싶어 구라 씨에게 물어봤다.

"한참 됐어" 하면서 구라 씨는 웃었다.

동네 전봇대에 고양이를 찾는 전단지가 붙어 있었다. 붙인 지 꽤 됐는지, 컬러 프린트의 색이 바랬다. 코 밑에 콧수염 같은 무늬가 있고, 세상만사 귀찮아하는 표정의 고양이 사진에 "보신 분은 부디 연락 부탁드립니다" 하는 문구와 반려인의 휴대전화 번호가 적혀 있었다. 전단지가 붙어 있는 걸 보면 아직 찾지 못한 걸까······.

불과 한 달 전만 해도 고양이에 관한 건 눈에 들어오지도 않았는데, 지금은 이 반려인의 마음을 생각하니 가슴이 죄여왔다. 이 콧수염 고양이는 다른 사람에게는 흔한 잡종이겠지만, 반려인에게는 세상에 하나밖에 없는 고양이다. 분명 이 고양이의 이름을 부르며 나무 밑을 들여다보고, 풀숲을 헤집고, 온 마을을 돌아다녔겠지. 어딘가에 닮은 고양이가 있다는 소리를 듣고 달려갔다가 "아니야" 하고 어깨를 떨어뜨리고, 우리 애는 지금 어디서 어떻게 지내고 있을까 생각하며 눈물을 흘리고, 포기하고 싶어도 포기가 되지 않고, 분명 지금도 고양이가 돌아오길 기다리고 있겠지. 그렇게 생각하니 색 바랜 전단지가 쓸쓸해 보였다.

어느 날, 은행에서 순서를 기다리며 소파 옆 잡지꽂이를 무심코 쳐다봤는데, 새끼 고양이 사진이 눈 속으로 빨려

들어왔다. 나도 모르게 집어 들었다. 갓 태어난 새끼 고양이의 성장을 기록한 사진집이다. ……아아, 우리도 이랬는데 하고 반가워하면서 책장을 넘겼다. 두루주머니 입구를 조인 것처럼 생긴 눈이 뜨이고, 뒤뚱뒤뚱 걷기 시작하고, 형제끼리 놀고, 점점 자란다.

그런데 몇 장을 넘겼을 때 마음이 먹먹해졌다. 한 마리가 죽은 것이다. 작은 상자 안에서 꽃에 둘러싸인 시체를, 그 옆에서 엄마 고양이와 형제 고양이가 들여다보고 있었다.

눈이 지잉 하고 아파왔다.

"아야야!"

건조한 눈은 갑자기 눈물이 나면 아프다.

눈을 깜박거리며 창밖으로 시선을 돌렸다.

그랬다……. 생명에는 이런 슬픔이 있다. 어른이 되지 못하고 죽는 새끼도 많다…….

"모두 별 탈 없이 자라길."

그렇게 기도하며 하늘을 올려다보니 푸른 하늘이 또 눈을 찔렀다.

산뜻한 이별

홈페이지에 사진을 올린 지 삼 주가 지났다. 아직 입양 신청자는 없다. 그러는 동안에도 새끼 고양이들은 무럭무럭 자랐다. 홈페이지에 올린 사진도 금방 옛것이 되고 만다. 새로 올려야겠다며 다시 사진을 찍으려는데, "새끼 고양이를 보고 싶어 하는 가족이 있어요"라고 다카코 씨에게서 연락이 왔다.

급작스레 돌아오는 일요일에 우리 집으로 고양이를 보러 오기로 약속이 잡혔다. 도쿄도 다마시에 사는 가네다 씨 모녀. 엄마, 그리고 대학과 전문학교에 다니는 두 딸이 함께 온다고 했다.

개를 키운 적은 있지만, 고양이는 키운 적이 없다고 한다. 전문학교에 다니는 동생이 고양이를 키우고 싶어 하는 모양이었다.

약속 시간이 조금 지나, 우리 집 대문 앞에서 자동차 소리가 났다. 미닫이 대문이 대그락대그락 열리고, 여러 명이 콘크리트 계단을 내려오는 발소리가 들렸다.

갑자기 미미가 자세를 낮추고, 들은 적 없는 소리를 내며 아주 길게 울었다. 그러자 새끼 고양이들이 싹 흩어져 모습을 감췄다. 지금까지 매일같이 새끼 고양이를 보러 사람들이 왔지만, 이런 적은 처음이었다. 미미가 뭔가를 알아차리고 새끼 고양이들에게 알려준 걸까?

멀리서 애써 왔는데 거실에 고양이가 한 마리도 없다. 뜻하지 않게 숨은 새끼 고양이를 찾는 것으로 '맞선'이 시작됐다. 다로는 부엌 식탁과 선반 틈에 달라붙어 있었고, 구로는 찬장 밑에 파고들었고, 나나는 종종걸음으로 화장실로 도망쳤다.

그 나나에게 둘째 딸이 첫눈에 반했다. 햄스터 같은 핑크 코에, 앞가르마를 탄 것처럼 생긴 나나를 보고, 둘째 딸은 "귀여워"를 연발했다. 다른 새끼들도 찾아서 보여줬지만 딸은 "얘가 핑크 코를 나한테 들이밀어" 하고 말했다.

함께여서 다행이야

나는 그때 딸이 나나를 고른 것이 아니라, 나나가 딸을 고른 듯한 느낌이 들었다.

가네다 씨 부부는 맞벌이로 낮에는 집이 빈다. 다카코 씨가 걱정하며 말했다.

"아무도 없는 집에 고양이 혼자 두는 건 가여워요. 그렇지 않아도 어린 새끼 고양이가 부모, 형제와 갑자기 헤어지는 데다 환경이 변해서 큰 스트레스를 받을 텐데요."

그러면서 이렇게 열심히 권했다.

"하지만 두 마리라면 서로 놀이 상대가 돼줄 거예요. 가네다 씨, 가능하면 한 마리 더 키우지 않으시겠어요? 지로짱은 어떠세요? 얘는 낯가림도 없어요."

가네다 씨 모녀는 잠시 셋이서 의논하더니, 그 자리에서 나나와 지로 이렇게 두 마리를 입양하기로 결심했다. 언제 나나와 지로를 가네다 씨 집으로 데려갈지는 나중에 다시 의논하기로 했다.

가네다 씨 가족과 다카코 씨가 돌아가자 썰물이 빠져나간 듯 집이 쥐 죽은 듯 고요해졌다. 이윽고 평소처럼 다섯 마리가 거실에서 놀기 시작했다.

한 달 반 내내 이 아이들을 어떻게 하면 좋을지 고민했는데, 일단 두 마리는 갈 곳이 정해졌다.

"다행이야…… 한시름 놨어."

입으로는 그렇게 말했지만, 엄마는 쓸쓸하게 어깨를 떨어뜨렸다.

"응. 잘됐어."

그렇게 대답한 내 마음에도 갑자기 커다란 구멍이 뚫린 듯했다.

나나와 지로가 떠난다……. 태어났을 때는 성가시게 됐다며 어디 다른 데로 가버리면 좋을 텐데 하고 빌었는데, 정말 가버린다고 생각하니 마음속에 바람이 휭 불었다. 다른 데로 갈 아이들이라고, 그렇게나 각오했는데…….

이렇게 예쁘고 어린 새끼들이 엄마 곁을 떠나간다.

"그르르르…… 그르르르……."

미미는 평소처럼 비둘기 같은 울음소리를 내며 새끼 고양이들을 핥아주고 있다. 예뻐서 어쩔 줄 모르겠다는 듯 자식을 핥고, 한 마리라도 보이지 않으면 사방을 찾아다닌다…….

지로와 나나가 없어지면 미미는 계속 이런 소리로 울까? 그런 생각을 하자 마음이 무거워졌다.

9월 1일에 지로와 나나를 가네다 씨에게 보내기로 했다. 새끼 고양이들이 태어난 지 딱 두 달이 되는 날이다. 새

끼들은 내가 데려가고, 가네다 씨 집에서는 그때까지 새끼
고양이 잠자리, 화장실, 사료 등을 갖추며 입양 준비를 하
기로 했다.

"노리코 언니, 지로랑 나나 이야기, 미미한테 해주는 게
좋아. 데려가는 걸 제대로 보여줘야 해. 아무 말도 없이 사
라지면 찾을 거야……."

사치코가 그렇게 말한 까닭을, 나중에 사치코의 어머니
인 데이코 이모에게 들었다.

사치코의 본가에서는 후쿠와 사쿠라라는 고양이를 키
웠었다. 그런데 어느 날, 사쿠라가 집 앞 길에서 차에 치여
죽었다. 이모네는 충격을 받아 밥도 삼키지 못하는 나날을
보냈다. 슬픔은 후쿠 때문에 한층 커졌다. 꽃과 함께 작은
상자에 넣은 사쿠라를 보여줬지만, 후쿠는 그게 사쿠라인
줄 몰랐던 모양이다. 이리저리 사쿠라를 찾아다녔다고 한
다. 사쿠라가 항상 숨는 벽장 속, 찬장 안쪽, 박스 속…….
책장 위로 점프해 선반 틈에까지 앞다리를 집어넣고 찾
았다.

"고양이의 기억은 그리 오래가지 않는다고, 금방 잊는다
고 말하는 사람도 있었지만, 그렇지도 않더구나."

데이코 이모가 말했다.

삼 년이나 지난 뒤에도 후쿠는 이따금 갑자기 뭔가 생각 난 것처럼 아직 확인해보지 않은 선반 앞으로 가서 이모에게 문을 열어달라고 해서는 그 안을 찾았다고 한다.

미미에게 언제 이야기해야 할까, 어떤 식으로 말해야 할까. 말을 꺼내지 못한 채로 결국 보내기 전날 밤이 됐다.

지로와 나나를 넣고 옮길 이동장을 사치코에게 빌렸다. 이동장 뚜껑을 열어뒀더니 미미와 새끼 고양이들이 신기한 듯이 냄새를 맡고, 안으로 들어가서 논다.

"어떻게 말해야 하지?"

"사람에게 하는 것처럼 자연스럽게 말하면 돼."

사치코가 말했다.

고양이들의 식사가 끝나고, 우리도 저녁을 먹고, 새끼 고양이들이 좌식 의자 위에서 서로를 베개 삼아 잠들어 고요해졌다. 미미가 평소처럼 내 옆으로 와서 이마를 팔에 콩 들이밀고 털썩 드러누웠다.

"착하네, 미미짱, 아이 착하다……."

미미의 폭신폭신 부드러운 털을 쓰다듬으며 "있잖아, 미미짱……" 하고 말을 꺼냈다.

"내일, 지로랑 나나는 다른 데로 갈 거야. 다른 집 고양이가 되는 거야. 하지만 좋은 사람들이 소중하게 키울 테니까 틀림없이 행복할 거야. 안심해도 돼."

"······."

알아듣는지 어떤지는 알 수 없었지만 몇 번이고 말했다. 미미는 카펫에 발톱을 아드득아드득 갈았다. 평소와 조금도 다르지 않은 듯했다. 그러더니 어슬렁어슬렁 거실을 떠났다.

당일은 나도 엄마도 아침부터 말수가 적었다. 새끼 고양이들은 활기차게 놀고 있다. 미미는 평소처럼 그르르르, 그르르르 불러서 새끼 고양이를 핥는다.

외출 준비를 하고, 지로와 나나를 이동장에 넣고 뚜껑을 탁 닫았다.

"미미, 갈게······. 안녕 하는 거야."

미미는 이쪽을 흘깃 봤지만, 다른 새끼를 쫓아서 가버렸다······. 어이가 없을 정도로 산뜻한 이별이었다. 감상적이었던 건 인간 쪽이다.

"그럼 다녀올게요."

이동장을 들고 집을 나서는데, 목이 메서 엄마와 눈을 맞출 수가 없었다.

전차를 갈아타며 다마시로 향했다. 전차 바닥에 이동장

을 두자, 여학생들이 "아, 새끼 고양이다!" 하고 안을 들여다본다. 지로와 나나는 첫 외출에 긴장했는지, 장식물처럼 웅크리고 눈을 감고 있었다.

가네다 부인이 역 앞까지 차로 마중을 나와줬다. 함께 댁으로 가보니 마당이 있는 이층집으로, 거실에 새끼 고양이 잠자리, 화장실, 사료 등 만반의 준비를 해놨다. 이동장을 열자 지로와 나나가 스스로 나와 마룻바닥 냄새를 맡는다.

앞으로 어떻게 연락할지 논의하고, 잘 부탁한다고 인사하고 자리에서 일어났다.

지로와 나나를 두고 간다…… 작별 인사를 하고 싶었지만 할 수가 없었다. 가네다 씨에게 고개 숙여 인사하고, 뒤돌아보지 않고 집을 나섰다.

이 부근은 다마 뉴타운으로, 녹음 짙은 주택지다. 정류장에서 버스를 기다리는데, 바람이 눈앞의 녹음을 살랑살랑 스치고 지나가는 것이 보였다. 장마가 퍼붓던 그날 아침부터 두 달, 줄곧 새끼 고양이를 보며 지낸 여름이었다. 햇볕은 아직 강하지만, 어느새 바람은 가을로 변해 있었다.

나나는 약하게 태어나, 젖 먹을 때도 형제들보다 뒤처졌다. 발육이 늦고, 걸음걸이도 위태위태했다. 항상 미미에게 찰싹 달라붙어 떨어지려 하지 않았다.

그렇게 걱정스럽던 홀쭉한 아이가 제일 먼저 엄마 품을 떠났다……. 지로가 함께여서 다행이었다. 지로가 곁에 있다면 나나도 든든하겠지. 하지만 어린 둘이 갑자기 엄마, 형제들과 떨어졌으니 틀림없이 얼마 동안은 쓸쓸할 것이다. 빨리 새로운 가족과 친해지면 좋을 텐데……. 바람 부는 녹음 가득한 풍경이 일렁일렁 희미해지고, 건조한 눈이 젖어든다.

미미는 울지 않았다고 엄마에게 전해 들었다. 내가 지로와 나나를 데리고 간 뒤에도 평소처럼 다로, 구로, 시즈짱을 핥고, 변함없이 젖을 물렸다고 한다.

"이상하네. 한 마리라도 보이지 않으면 그렇게 찾았으면서……. 다른 데 입양 갔다는 걸 아나 봐."

그날 밤, 새로운 가족이 된 가네다 씨에게서 연락이 왔다. 지로와 나나는 고양이 모래에 제대로 볼일을 보고, 식욕도 왕성하다는 이야기에 일단 마음을 놓았다.

그날 밤 늦게 눈이 뜨였다. 계단을 내려가니 컴컴한 현관 앞에 미미가 앉아 있었다. 무슨 생각을 하는지, 현관문을 지그시 보고 있다.

"미미짱."

"……."

불러도 돌아보지 않고, 미미는 지그시 문을 바라봤다.

에비스의 고양이

지로와 나나가 떠나고 이틀 뒤, 연재 회의를 하러 편집자 사와코 씨를 만났다. 일 이야기가 일단락된 다음, 나는 새끼 고양이가 태어나고부터 두 달 동안의 일을 이야기했다.

"네? 새끼 고양이가 있어요?"

내 이야기를 듣자마자 사와코 씨는 햇볕 아래 아이스크림처럼 변했다. 사와코 씨도 전에는 고양이가 얼마나 귀여운지 잘 알지 못했다고 한다. 그런데 어느 날, 지인이 "누구 키워줄 사람 없을까?" 하며 사진 한 장을 보여줬는데, 그 순간 사진 속 새끼 고양이에게 마음을 빼앗겼다고 한다.

"한번 보여드릴까요? 아들 바보라고 욕하지 마세요."

사와코 씨가 가방에서 사진을 꺼냈다.

"이놈이 매일매일 혼이 빼놔요."

사와코 씨의 눈이 녹아내릴 것 같았다. 밀크티처럼 예쁜 빛깔의 무늬가 있는 고양이였다.

이름은 '케토 씨'. 지금은 온 가족의 왕자님이라고 한다.

"우리 집에 안 가볼래요?" 하고 사와코 씨를 꾀었다.

"죄송해요. 케토 씨가 있어서 더는 못 키워요. 하지만…… 살짝 보기만 할까요? 그냥 보기만 할게요."

사와코 씨는 이렇게 몇 번이나 확인하고, 방어선을 쌓았다. "네네, 알았어요" 하고 말한 내게도 다른 마음은 없다. 한창 귀여운 새끼 고양이를 보여주고 싶었을 뿐이다.

그런데 현관에 들어서자마자 부엌에서 새끼 고양이가 불쑥 작은 머리를 내밀었다.

"어머, 정말 작네요!"

차례로 세 마리가 고무공처럼 통통 튀어 나와 미이미이 하고 우리 발치를 쫓아왔다.

"세상에, 어쩜."

사와코 씨는 선 채로 어쩔 줄 몰라 하며 비명을 질렀다. 사와코 씨는 순식간에 함락됐다. "가족과 의논해볼게요" 하고 돌아갔다.

사와코 씨의 근심은 오직 하나. 케토 씨와의 궁합이었다.

"케토 씨와 잘 지낼 것 같으면 한 마리 데려가고 싶은데요……."

자원봉사를 하는 다카코 씨에게 물어보니 이런 대답이 돌아왔다.

"걱정 없어요. 처음에는 좀 힘들지 몰라도, 시간을 들이면 사이가 좋아질 거예요. 고양이끼리의 궁합보다는 반려인의 결심이 더 중요해요."

사와코 씨에게 그렇게 전하자 결단을 내려줬다.

다음 일요일, 사와코 씨는 대학생 딸과 함께 다시 새끼 고양이를 보러 왔다가 "구로짱을 데려가도 될까요?" 하고 말해줬다.

구로는 다른 형제에게는 없는 매력이 있었다. 칠흑과 순백의 투톤 컬러에다 네 다리가 늘씬해서, 왠지 모르게 유럽의 돌길과 어울릴 것 같다. 나는 구로를 보고 검은색 터틀넥 스웨터를 입은 깜찍한 파리의 아이를 떠올렸다.

구로는 형제 중에서도 가장 사람을 잘 따랐다. 푸른빛이 도는 회색의 커다란 눈동자로 이쪽을 지그시 쳐다보며 마치 "있잖아" 하고 말을 거는 것처럼 삐에삐에 운다.

사실은 사치코와 같이 온 미도리 외숙모가 "저 흑백 아이, 귀엽다" 하고 제일 처음 마음에 들어한 것이 구로였다.

"구로를 데려가겠다는 사람이 있는데, 정말 괜찮아?"

엄마가 미도리 외숙모의 마음을 확인했다.

"네. 우리 아파트는 반려동물 금지인 데다 남편도 더 이상은 안 된다고 하고요. 구로짱이 행복해질 수 있다면 그걸로 좋아요."

외숙모는 선선히 수긍했다.

사와코 씨 집은 에비스의 단독주택이다. 엄마가 이발소로 가서 스가 자매에게 소식을 전했다.

"구로가 에비스로 가게 됐어요."

"네? 에비스라니, 에비스 가든 플레이스가 있는 그 에비스?"

"히로오나 다이칸야마에서도 가까운 그 에비스?"

이렇게들 야단이 났다.

"구로짱, 그렇게 고급스러운 데로 가다니 잘됐네. 길고양이의 자식이었는데."

"엄마인 미미짱이 현명하지. 분명히 여기서 낳으면 새끼들도 돌봐주겠지 하고 댁 대문 옆에서 낳은 거라고요. 미미짱은 머리가 좋다니까."

이렇게 자매는 크게 기뻐했다.

함께여서 다행이야

구로는 9월 15일에 에비스로 가기로 했다. 이 붙임성 있는 눈을 한 아이와 함께 지내는 것도 이제 며칠……. 그렇게 생각하자 또다시 가슴 한가운데에 바람이 불고 지나간다.

미미에게 이야기해야겠지……. 이야기를 알아듣는지 확인할 수는 없지만, 새끼 고양이를 애지중지 핥는 모습을 보면 역시 아무 말 없이 잠자코 데려갈 수는 없다. 하지만 좀처럼 입을 떼지 못하고 있다가, 결국 또다시 전날 밤이 돼버렸다.

이미 뭔가를 느끼고 있었는지, 미미는 내 곁에 오지 않았다. 언제나 "미미짱!" 하고 부르면 "냐앙" 하고 대답하면서 왔는데, 등을 돌리고 눈을 맞추려 하지 않는다.

구로도 상태가 이상했다. 끈질길 정도로 삐에삐에 하고 말을 걸던 아이가 잠자코 찬장 그늘에서 이쪽을 보고 있다.

엄마가 무거운 분위기를 견디지 못하고 먼저 입을 열었다.

"노리코. 구로가 말이다, 아까부터 계속 내 눈을 쳐다보는구나. 얘네들, 전부 다 알고 있어. 미미는 구로까지 데려가는 거야, 하고 생각하고 있다고."

지그시 바라보는 작은 새끼 고양이의 곧은 시선에 가슴이 옥죄어든다.

"구로짱, 괴롭구나!" 하면서 엄마는 코를 풀었다.

나는 돌아보지 않는 미미의 등에 대고 말했다.

"미안해, 미미짱. 우리 집에서 모두 다 함께 지낼 수는 없어. 구로짱은 내일 다른 집으로 갈 거야. 그렇지만 좋은 사람들에게 사랑받을 테니까 안심해."

떠나는 날 오후에는 비가 내렸다. 이동장에 구로를 넣고, 미미에게 말을 걸었다.

"구로짱, 간다. 안녕이야."

구로는 삐에삐에 울었지만, 미미는 이쪽을 보지 않았다.

집을 나설 때도, 역까지 걸어가는 동안에도, 전차를 타고 이동장을 바닥에 내려놓고 나서도, 구로는 쉬지 않고 울었다.

"야, 어디서 우는 소리가 들려."

"……어머, 새끼 고양이야."

"꺄아, 귀여워!"

승객들이 번갈아가며 이동장을 들여다봤다. 구로가 "있잖아, 저기" 하며 들여다보는 사람에게 말을 거는 것처럼 들렸다.

사와코 씨 댁은 에비스 가든 플레이스와도 그리 멀지 않은 삼층집이었다. 부부, 아들, 딸, 네 가족이 구로를 맞이해 둘러쌌다.

케토 씨는 마음이 편치 않아 보였다. 안절부절못한다 싶더니 느닷없이 구로에게 달려들었다가 제지당했다. 갑자기 처음 보는 신입이 와서 모두가 떠받들어주면, 인간도 질투한다. 고양이도 마찬가지인 것이다. 케토 씨에게 미안한 일을 했다.

익숙해질 때까지 구로를 다른 방에 두고, 조금씩 서로의 존재를 알리면서 상황을 지켜봤어야 했다. 케토 씨의 마음을 헤아려 무슨 일이든 케토 씨를 우선으로 하고, 안심시키고 나서 대면하게 해줬으면 좋았을 텐데.

첫 대면의 실패 때문인지, 케토 씨와 구로는 얼굴을 맞댈 때마다 큰 싸움이 일어났다. 체중 육 킬로그램의 케토 씨와, 생후 두 달의 구로는 체격이 전혀 다르다. 그런데도 구로는 지지 않고 달려들었던 모양이다. 싸움이 벌어질 때마다 사와코 씨는 상당히 마음이 아팠다고 한다.

구로는 딸 방에 숨겨두고, 딸 침대에서 함께 자게 됐다.

따로따로 생활하며 냉각기간을 두는 동안 싸움도 서서히 줄어들었고, 이윽고 두 마리가 한 바구니 안에서 등을 맞대고 자는 사진을 받았다.

구로는 '텐쨩'이라는 새 이름을 얻었다. '말괄량이'*에서 따왔다고 한다.

다마시의 가네다 씨도 나나와 지로 사진을 보내줬다. 나나는 '모나카', 지로는 '고토라'**라고 불리게 됐다. 잔디 정원이 내다보이는 밝은 방에서 놀고, 가네다 부인의 품에 안겨 잠들고, 둘 다 잘 지내는 듯했다. 서로 다른 색의 작은 방울이 달린 목걸이를 하고 나란히 있다. 잠시 보지 않은 사이에 꽤나 자라 있었다.

* 일본어로 '오텐바'
** '작은 호랑이'라는 뜻

함께여서 다행이야

갑작스러운 이별

나나, 지로, 구로가 잇달아 집을 떠나고, 이제 우리 집에는 다로와 시즈짱, 그리고 미미가 남았다.

어느 저녁이었다.

외출했다 돌아오니, 미도리 외숙모가 마침 돌아가려는 참인지 대문 앞에서 엄마와 이야기를 나누고 있었다.

"어머, 딱 맞춰 왔네!"

엄마가 나를 알아보고 손짓했다. 미도리 외숙모는 어깨에 멘 에코백을 살짝 열고 내게 안을 보여줬다.

시즈짱이 들어 있었다…….

"데려갈게."

외숙모의 눈이 반짝였다.

"하지만 반려동물 금지잖아요? 외삼촌도 반대한다면서
요……."

"그래도…… 우리 아파트에서 비밀로 키우는 사람도 있
고……. 사실은 올 때마다 오늘이야말로 데리고 가버릴까
생각했어."

그 '오늘이야말로 데리고 가버릴까'라는 말에서 외숙모
의 커져가는 마음이 엿보였다.

"괜찮아? 얼굴이 이래서……."

엄마는 자꾸 미안해했다.

"사실은 구로짱이 좋았는데 양보한 거지? 시즈짱은 데
려갈 사람이 없으니까 거둬주려는 거 아니야? 있잖아, 마
음 쓰지 않아도 돼. 다로도 괜찮아. 다로를 데려가."

엄마의 '얼굴이 이래서'라는 말에 나는 발끈했다.

분명 전에는 나도 시즈짱이 가여웠다. 눈곱이 심했던 시
절의 시즈짱은 아래 눈꺼풀을 뒤집어 메롱을 하는 것 같은
상태여서 불쌍했다. 새끼 고양이를 보러 온 사람들은 다로
와 지로를 보고 귀엽다고 하다가 시즈짱의 얼룩투성이 얼
굴에 시선이 닿으면 이렇게 말하면서 웃었다.

"어머, 무슨 일이 있었던 거니?"

함께여서 다행이야

"아아, 망했구나."

그때마다 나는 살짝 상처를 입었다.

"새끼 고양이 일로 얼마나 도움을 많이 받았는데, 이런 애를 보내면 미안하잖아."

이렇게 미안해하는 엄마에게, 평소에는 확실히 의견을 말하지 않는 미도리 외숙모가 드물게 반론했다.

"아니에요. 나는 이 아이의 이 무늬가 좋아요. 나도 처음에 시즈짱을 봤을 때는 좀 안됐다고 생각했어요. 그런데 자꾸 보니까 이 무늬가 좋아지더라고요."

나는 외숙모의 마음을 알 것 같았다.

균형 잡힌 아름다운 얼굴은 많은 사람들에게 사랑받지만, 이 세상 모두가 똑같은 것은 아니다. 특이한 얼굴, 재미난 얼굴을 좋아하는 사람도 있다.

"호불호가 없는 건 아니지만, 시즈짱은 마니아한테 먹히는 얼굴이라고요."

자원봉사자인 다카코 씨가 딱 맞는 말을 했었다.

시즈짱의 얼굴은 주변에서 쉽게 볼 수 없는 '딱 하나밖에 없는 작품'이었다. 어느 순간엔가, 그 검은 안대를 한 판다 같은 얼굴이 너무나 귀여워 보였던 적이 있다.

미도리 외숙모는 고양이를 많이 봐온 '고양이 통'이니까 그런 시즈짱에게 반했을 터이다. 가여우니까 이 아이를 거두는 게 아니다. 이 아이가 좋은 것이다.

"미안하네."

엄마는 계속 사과했다.

"외숙모, 시즈짱을 잘 부탁해요."

"시즈짱, 잘 가."

"건강해, 시즈짱."

불룩한 에코백을 소중하게 어깨에 멘 미도리 외숙모가 역으로 가는 비탈을 내려간다. 설마 이렇게 갑자기 이별할 줄은 생각도 못 했다. 그날, 화단에서 태어난 아이 하나가 또 떠나간다. 시즈짱이 든 에코백이 점점 멀어져 작아지고, 모퉁이를 돌아 사라질 때까지 엄마와 둘이서 잠자코 지켜봤다⋯⋯. 그 아이가 떠나간 모퉁이에서 붉은 자주색 싸리꽃이 흔들린다. 어쩐지 쓸쓸한 해 질 녘이었다.

집에 들어가니 여섯 마리가 있던 거실에 미미와 다로밖에 없다. 엄청나게 수가 적어진 듯한 기분이 들었다.

그나저나 미도리 외숙모는 사랑의 도피라도 하듯이 시즈짱을 데리고 갔지만, 외삼촌이나 관리조합은 괜찮을까? 게다가 원래 살던 고양이도 있다. 인간으로 치면 아흔 살 정도의 할아버지로 요즘에는 잠만 잔다는데, 케토 씨와 구로(텐쨩) 때처럼 실패하는 일 없이 무난히 친해질 수 있을까 걱정됐다.

며칠 뒤, 미도리 외숙모에게서 전화가 왔다. 외삼촌은 에코백에서 나온 시즈쨩의 얼굴을 보고 "뭐야, 데려올 거면 좀 더 귀여운 애를 데려왔어야지" 하고 말했지만, 돌려주고 오라고는 하지 않았다고 한다. 외동딸 마나가 시즈쨩을 너무나 귀여워해준다고 한다.

걱정했던 선주묘 할아버지와 시즈쨩 사이도 정말 순조로웠다. 시즈쨩은 금방 잘 따라서, 할아버지 젖을 꾹꾹이하면서 같이 잔다고 한다. 할아버지는 나이 때문인지 거부하지도 않고 묵묵히 품을 내준단다.

"관리조합에 걸려서 무슨 소리를 듣는다면, 그때는 그때가서 생각하죠."

미도리 외숙모는 이렇게 각오한 모양이었다.

마나가 시즈쨩에게 '뮤'라는 새 이름을 지어줬다.

나나와 지로를 데려간 날도, 구로가 없어진 날도, 그리고 시즈쨩이 갑자기 떠난 날도, 미미는 울며 찾거나 하지 않았다.

"아는 거야. 육아 중일 때는 한시라도 보이지 않으면 그렇게 찾았는데, 일절 찾지를 않아. 미미는 확실히 아는 거야."

엄마가 말했다.

미도리 외숙모는 시즈짱을 데려가고 나서도 변함없이 의리 있게 사료나 선물을 들고 다로와 미미를 보러 와줬다. 우리 집에서는 미도리 외숙모를 '고양이 아줌마'라고 부르게 됐다.

"오늘, 고양이 아줌마가 보러 온대."

엄마가 미미와 다로에게 말한다.

낮에 벨이 울리고, 엄마가 "네에" 하고 문을 열어주러 간다. 그런 엄마의 발치에 엉겨 붙듯이 미미도 달려간다.

"미미짱, 봐봐, 고양이 아줌마가 왔어."

그러자 무슨 생각을 했는지, 미미가 갑자기 툇마루 쪽으로 달려갔다. 엄마가 그 모습을 눈으로 좇으며 "미도리, 저것 좀 봐" 하고 속삭였다. 미미가 그르르르 하고 울면서 툇마루에서 자던 다로를 깨우고 있었다.

"고양이 아줌마가 왔다고 다로한테 알려주러 갔어."

다로가 활처럼 기지개를 켜고, 미도리 외숙모 옆에 와서 "미이" 하고 울었다. 미미도 외숙모 팔에 콩 이마를 부딪치고 얼굴을 비벼댔다.

이 고양이들은 미도리 외숙모가 예뻐해주는 줄 안다. 시즈짱을 소중히 대해줄 것도 알고 있을지 모른다. 외숙모는 그날도 휴대전화로 찍은 영상을 우리에게 보여주며 "이것 좀 봐. 뮤짱은 눈이 너무 귀여워. 나는 애의 이 무늬가 좋아" 하고 눈을 초승달처럼 뜨며 웃었다.

사치코의 눈물

"노리코 언니, 다로는 어쩔 거야?"

사치코에게서 전화가 온 건 미도리 외숙모가 시즈짱을 데려가고 며칠 지나서였다. 사치코는 복직해 바빠져서, 이 즈음 발길이 뜸했다.

"다로는 아직 입양자를 찾고 있어. 그래도 다로가 갈 데만 정해지면 어깨의 짐을 내려놓을 수 있고, 이제 한 고비만 남았네 하고 엄마하고 이야기하던 중이야."

"그럼 미미짱은?"

"……."

"미미짱은 어떻게 해?"

"우리가…… 같이 살려고."

길고양이였으니까 내보내면 되겠지, 처음에는 그렇게 생각했다. 하지만 엄마도 나도 그즈음에는 달라졌다.

매일 아침, 욕실에서 세수하고 있으면 미미가 다가와 폭신폭신한 털을 다리에 비빈다.

"미미짱, 잘 잤어?" 하고 말을 건네면 얼굴을 올려다보며 "냐앙" 하고 대답한다. 다리에 휘감기듯 쫓아와서, 앉으면 팔이나 가슴에 이마를 밀어대고, 벌렁 드러누워 쓰다듬으라고 재촉한다. 혼내면 풀이 죽어, 눈을 맞추면 서먹해하며 허둥대고, 화해할 때까지 마음의 응어리를 풀지 않는다. 이렇게 감정이 섬세한 생명이 길고양이로 거리에서 살아가는 건 얼마나 가혹하고 위험한 일일까.

고양이 구호활동을 하는 사람들에게 들었다. 길고양이의 영양 상태는 늘 나쁘고, 고양이 대부분이 어떤 감염증에 걸려 짧은 생을 마감한다. 교통사고를 당할 확률도 높다. 사람을 따랐다는 이유만으로 학대받고 죽임을 당하는 아이도 있다. 집고양이의 수명은 점점 늘어나 최근에는 이십 년 이상 사는 고양이도 있지만, 길고양이의 평균 수명은 불과 삼 년이라고 한다. 이 이야기를 들은 날, 엄마는 말했다.

"내가 죽으면 네가 돌봐주겠지."

엄마가 나를 살짝 쳐다봤다.

"⋯⋯응."

무심하게 나눈 대화였지만, 나와 엄마의 약속이었다. 그때 미미의 가족이 되자고 결심했다.

"노리코 언니, 부탁이야! 미미랑 같이 다로도 키워줘!"

내 이야기를 듣자마자 갑자기 사치코가 속마음을 토해냈다.

"뭐? ⋯⋯잠깐, 잠깐만."

나는 주춤했다. 두 마리는 곤란하다. 미미 하나만으로도 무거운 책임감을 느끼고 있다. 두 마리가 되면 부담도, 책임도 배로 늘어난다. 사치코가 내 마음을 꿰뚫어본 듯 말했다.

"돌보는 건 한 마리나 두 마리나 똑같아. 사료도, 모래도 별로 차이 안 나. 그렇게 큰일 아니라고."

"미미랑 다로도 떨어지는 것보다는 함께 있는 쪽이 행복할 거야. 두 마리라면 사람이 집을 비울 때도 쓸쓸하지 않고, 오히려 이쪽이 키우기 쉬워."

"여행을 길게 가게 되면 내가 돌볼게."

"노리코 언니, 고양이를 키우면 행복해질 거야."

이렇게 다다다 호소했다.

그러고 나서 절절하게 감개 어린 어조로 말했다.

"그렇잖아, 새끼 고양이가 자기 집에서 태어나다니…….
분명 하늘이 내려준 아이라고. 돌아가신 이모부가 선물을
보내주신 걸 거야."

그런 식으로 나오기냐, 하고 나는 소리 없이 웃었다.

아빠가 보내준 선물이라니…….

그때 갑자기 어떤 기억이 떠올랐다.

생각났다. 어린 아빠가 비 오는 날에 본 새끼 고양이
가……. 미미가 새끼를 낳은 자리는 아빠가 좋아하던 백목
련 그루터기였다. 그날도 비가 내리고 있었다…….

사치코는 아빠의 어릴 적 추억은 물론 우리 가족이 그
백목련을 보고 아빠에 대한 추억을 떠올린다는 것도 모
른다.

"……."

바람이 나뭇잎들을 어루만진 듯 가슴속이 술렁거렸다.

하지만 나는 이런 마음을 감추고 사치코의 말을 가로막
았다.

"그래도 역시 두 마리는 부담이 커……."

사치코는 섭섭한 듯 한숨을 쉬며 전화를 끊었다.

그래도 사치코는 포기하지 않았다. 이번에는 엄마에게 전화를 걸었다.

"이모, 다로를 보내지 말아요. 다로는 죽은 사쿠라를 빼닮았어요. 틀림없이 사쿠라가 환생한 거예요. 나는 처음부터 다로가 좋았어요. 언제 입양 전선에 뛰어들어야 하나 생각했다니까요. 그런데 우리 아파트에서는 더 이상 키울 수가 없어요. 이모도 다로가 커가면서 줄무늬가 어떻게 변하는지 보고 싶다고 했잖아요. 부탁이에요. 다로를 다른 집에 보내지 말아요. 이모 집에서 키워줘요……."

사치코는 엄마에게 울면서 말했다고 한다. 차례차례로 입양자가 정해지는 가운데 좋아하는 아이가 다른 집으로 가버리면 어쩌지 하고, 사치코는 마음을 졸이고 있었다. 그런 생각을 하면 그 끈덕진 설득이 애처로웠다.

"알았어, 알았어. 그럼 사치코의 고양이로 생각하고, 다로도 우리 집에서 키울게."

엄마는 사치코에게 넘어갔다.

"노리코, 너도 괜찮지?"

나도 한결같은 사치코에게 두 손 들고 "괜찮아. 알았어" 하고 동의했다.

다음 날, 엄마는 아침부터 고양이 일로 신세를 진 사람

　　　　　　　　　함께여서 다행이야

들에게 전화를 걸어 인사했다.

"……그렇게 해서 여러분에게 염려를 끼쳤습니다만, 미미와 다로는 우리가 가족이 돼주려고 합니다. 덕분에 이렇게 모두 갈 곳을 정했습니다. 앞으로 이렇게 잘 지내겠습니다."

구라 씨도 새끼 고양이들의 앞날을 걱정해주고 있었다. 히메코를 잊지 못하고, 더 이상 고양이는 키우지 않겠다고 결심했지만 미미의 새끼들에게 마음이 흔들리고 있었다.

구라 씨가 세 번째로 새끼 고양이를 보러 온 날, 거실 바닥에 앉은 구라 씨의 검은 스커트 위로, 놀고 있던 구로가 폴짝 올라 앉았다. 구라 씨가 꼼짝도 않고 있으니 구로는 그녀의 스커트 위에서 동그랗게 몸을 말고 새근새근 잠들어버렸다.

"하아아."

한숨과 함께 구라 씨 몸에서 공기가 쉬익 빠져나갔다. 구라 씨는 구로를 스커트에 올린 채로 허릿심이 다 빠져나간 듯한 모습이다.

"이건 운명일까……."

그렇게 말하며 손목으로 눈가에 맺힌 눈물을 닦아냈다.

구라 씨는 집에서 어머니에게 "입양자가 나타나지 않으면 두 마리 데려올까?" 하고 의논했다고 한다. 하지만 구라 씨도 어머니도 낮에는 가게에 나가 있어서 아파트가 빈다. 그 아파트도 반려동물 금지로, 관리조합에 비밀로 하고 키우지 않으면 안 된다. 앞으로 이십 년 가까이 살 새끼 고양이의 일생을 마지막까지 책임질 수 있을까? 이런 생각을 하니 결심할 수가 없었다고 한다.

"그래……. 모두 정해졌구나."

구라 씨는 섭섭하면서도 안도하는 목소리로 절절하게 중얼거렸다.

"그래도 너희 집에 미미랑 다로가 있다고 생각하니 어쩐지 마음이 놓인다."

대학 동창인 가오루도 지인들을 대상으로 입양처를 알아봐줬다. 시즈짱이 입양 간 것까지는 알려준 상태였다. 그러던 중 가오루가 밖에서 전화를 줬다.

"남은 건 다로짱이랑 미미짱이네."

"사실 우리가 데리고 있기로 했어."

이렇게 알리자 "뭐?"라며 아무 말도 하지 못했다. 전화 연결 상태가 나빠졌다고 생각했다. 잠시 뒤 목소리가 들렸다.

"……너네 집 가족이 되는 거야?"

"응."

"다로짱하고 미미짱, 두 마리 모두 키워주는 거야?"

"응."

고양이를 좋아하지 않던 우리 집에서 그것도 두 마리나 키울 줄이라고는 생각도 못 한 모양이었다.

"고마워. ……어쩐지 눈물이 나네."

전화 저편에서 목소리가 떨렸다.

가오루와의 통화를 엄마에게 그대로 전했다.

"나는 이 나이가 돼서 알았어. 세상에 고양이를 걱정하는 사람이 이렇게 많을 줄이야. 고맙다니…… 고양이도 아니면서."

엄마는 목멘 소리로 말했다.

언젠가는 다른 데로 갈 아이를 맡고 있다……. 그렇게 생각했는데 다로가 '우리 다로'가 됐다. 그렇게 생각한 순간, 내 안을 짓누르고 있던 뭔가에서 단숨에 해방됐다.

미미도 다로도 이제 어디에도 가지 않는다. 함께 있을 수 있다…….

평온한 나날이 돌아왔다. 하지만 이전의 우리 집과는 전혀 다르다. 언제나 어딘가에서 미미와 다로의 목소리가 들린다. 그 목소리가 좋아서 어쩔 줄 모르겠다.

저녁 5시, 엄마는 부엌 싱크대에 서서 사료 준비를 시작한다. 씻어서 겹쳐둔 법랑 그릇 두 개가 부딪히면서 쟁그랑 소리가 나니 다로가 날아와, 엄마 발치에서 "냐아~" 하고 울었다.

"노리코! 노리코!"

엄마가 나를 불렀다.

"지금 들었어? 다로짱이 귀여운 목소리로 냐아 하고 울었어."

"……뭐?"

미이—미이— 하고 새끼 고양이 목소리로 울던 다로가 "냐아~" 하고 운 건 처음이었다.

"다로짱, 다시 한번 울어봐."

"냐아, 냐아."

어린이답게 카랑카랑하고 귀여운 목소리였다. 엄마는 쭈그려 앉아 "착하지. 우리 다로는 참 착해" 하고 호랑이 무늬의 작은 머리를 끊임없이 쓰다듬었다.

그날 밤, 거실에 앉아 있으니 미미가 다가와 숨바꼭질을 하는 여자아이처럼 내 팔에 이마를 콩 박았다.

"미미랑 다로는 이제 우리 식구야. 앞으로 계속 함께 있는 거야. 그러니까 미미짱, 오래오래 살아야 해."

자그만 뒤통수를 쓰다듬으며 말했다.

미미가 얼굴을 들고 나를 바라보며 "냐앙" 하고 다정하게 울었다.

미미는 이렇게 항상 새끼들을 돌봤다.
미미가 핥고 있는 건 지로.
생후 두 달 즈음.

4장

새로운

가족

바깥 사람

10월. 아침에는 부쩍 쌀쌀해졌다. 이불을 휘감고 자는데, 아래층에서 "냐아아!" 하고 활기찬 목소리가 난다. 다로다. 처음에는 계단 아래에서 나를 부른다. 곧 계단을 날아 올라오는 소리가 들리고, 내 방 앞에서 "냐아! 냐아! 냐아!" 하고 계속 외친다. 나는 이불에서 기어 나와, 다로가 들어올 수 있도록 문을 살짝 열고 따뜻한 이불로 다시 파고들었다. 그러자 머리맡으로 와 "냐아! 냐아!" 하고 부른다.

"다로짱, 부탁이야. 조금만 더 자게 해줘."

"냐아! 냐아! 냐아!"

시끄러워서 더 자지 못하고 어쩔 수 없이 일어나면 다로는 "냐" 하고 짧게 말하고 나서 바쁜 듯이 계단을 다다다다 달려 내려간다.

내가 옷을 갈아입고 아래층으로 내려가면 미미가 기다리고 있다.

"잘 잤어, 미미짱!"

미미는 내 발에 몸을 휘감듯 부비며 "냐아아앙" 하고 달콤한 목소리로 울고는 벌렁 눕는다. 나는 그 자리에 쭈그리고 앉아, 아기를 어르는 것처럼 높은 목소리로 "아이고, 착하다, 미미짱, 우리 예쁜 아기" 하고 가락을 붙여 노래하며 미미를 쓰다듬는다.

불과 얼마 전까지 이런 사람들을 멀리서 차가운 눈으로 봤던 내가, 지금은 아침부터 부끄러운 줄도 모르고 고양이를 상대로 아기 어르는 목소리를 낸다.

그때 다로가 다시 다가와 "냐아!" 하고 나와 미미 사이를 가느다란 몸으로 비집는다.

"예예, 다로짱도 귀엽습니다. 착하지, 우리 다로 착하지."

미미와 다로를 양손으로 동시에 쓰다듬는 나를 보고 엄마가 웃는다.

"또 다로가 깨우러 갔구나. 다로는 너 깨우는 게 자기 역할이라고 생각하나 봐."

엄마와 나는 고양이 이야기로 하루를 시작하게 됐다.

다로가 나를 깨우는 건 이미 해가 높이 떠올랐을 때지만, 엄마는 매일 아침 5시에 깨운다.

"냐냐냐, 창문을 열라고 아우성이야. 마당 나무에 새가 오니까 기다릴 수가 없는 모양이지. '아직 일러!' 하고 화내면 잠잠해지지만, 이삼십 분 있다가 이번에는 귓전에 와서 조심스럽게 재촉하는 거야."

"어떻게?"

"얼굴에서 뭔가가 바스락대서 간지러워 눈을 떠보면 다로 수염인 거야. 다로가 얼굴을 바로 눈앞까지 들이대고 냐아아아 하고 속삭인다고."

"정말?"

"미미는 좀 떨어진 데서 잠자코 지켜보고 있어. 깨우고 오라고 다로한테 시키는 거 아닐까? 시끄러워서 할 수 없이 창문을 삼십 센티미터 정도 열어줬어. 그러니까 둘이서 나란히 새를 보면서 수염을 바르르 떨며 깍깍깍깍, 깍깍깍깍 하고 이상한 소리를 내는 거야. 새를 흉내 내는 걸까?"

"우아, 한번 울어줘. 다로짱."

고양이란 얼마나 귀여운 생명체인지…….

코밑의 볼록한 두 덩이. 거기에 도돌도돌 늘어서 있는 수염 모공. 낚싯줄처럼 빳빳한 수염. 바로 앞에서 보면 불만스러운 시옷 자지만, 옆에서 보면 웃는 것처럼 입꼬리가 올라간 입매. 삼각형 귀 속에 난 탐스러운 털. 짤따란 속눈썹. 동그스름한 손에 탱글탱글한 젤리……. 어디를 보더라도 사랑스러움이 샘솟는다.

집에 꽃이 핀 것 같았다.

나와 엄마는 사이가 나쁜 건 아니지만, 아침부터 화목하게 웃으며 이야기를 나눈 적은 요 몇 년 사이 거의 없었다. 내가 2층에서 내려오면, 엄마는 조간신문을 펼쳐놓고 항상 힘차게 화를 내고 있었다. 분노의 화살은 정치가, 관료, 미국, 오늘날의 젊은이…… 얼마든지 있었다. 엄마는 항상 당신이 '정의'였다.

나는 원래 아침이 힘들다. 직업병인 어깨 결림으로 찌뿌둥한 아침, 2층에서 내려오면 잠도 덜 깬 상태에서 엄마의 정의에 찬 분노의 화살에 한층 언짢아진다. 사소한 것 때문에 말다툼이 벌어지는 일도 종종 있었다.

"또 그런 걸 샀어? 안 어울려."

"하지만 꽤 주고 산 거야."

"비싸봤자야. 노인네 같아."

"아아, 또 너한테 지적당하는구나."

"지적이라니. 아무래도 상관없다면 아무 말도 안 하지. 아무래도 상관없다고 생각 안 하니까 말해주는 거잖아."

"이제 그만해. 됐어."

"되지 않았어."

섣불리 말을 꺼낸 탓에 마음이 거칠게 엇갈린다. 언쟁 뒤에는 나도 엄마도 무거운 한숨을 내쉰다. 단둘뿐인데도 인간이라는 존재가 성가셔진다.

그런데 지금은 고양이를 사이에 두고 엄마와 함께 웃는다.

그러고 보니 사치코의 엄마인 데이코 이모가 말한 적이 있다. 아이들이 집을 떠나고 부부 둘만 남은 뒤, 사소한 오해로 이모부가 이모에게 전혀 말을 하지 않는 기간이 있었다. 그런 때에 사치코가 키우던 새끼 고양이를 맡게 됐다.

어느 날, 이모부가 새끼 고양이가 하는 짓을 보고 무심코 "이것 좀 봐!" 하고 소리쳤다. 둘뿐이니 말을 걸 상대는 이모밖에 없다. 이모부가 이모에게 말을 건 것은 오랜만이었다. 그런 뒤로 이따금 "와서 봐봐", "아아, 지금 귀여웠는데" 하고 이모를 부르게 됐고, 둘이서 새끼 고양이가 하는 짓을 보고 웃는 사이에 관계를 회복했다고 한다.

"고양이가 있어서 비로소 진짜 가족이 된 듯했어. 고양이한테 얼마나 감사한지 이루 표현을 다 못 하겠다."

데이코 이모가 말했다.

"그 뒤로 길고양이 새끼들은 어떻게 됐어요?"

새끼 고양이가 태어난 날, 어머니가 어쩔 줄 몰라 하며 상담하러 갔던 이웃 집 사사키 아주머니도 빨래를 널면서 이따금 신경 써줬다.

"괜찮으면 보러 와요."

엄마가 사사키 아주머니를 초대했다. 마당에 새빨간 맨드라미가 활짝 핀 화창한 가을 오후, 사사키 씨 부부가 슬리퍼를 신고 우리 집 마당에서 유리창 너머로 안을 들여다봤다.

사치코가 사준 대바구니 침대에 깔린 파란 담요 안에서 미미와 다로가 서로 껴안고 자고 있다. 미미의 풍성한 흰색 장모와 다로의 호랑이 무늬 단모가 따뜻한 햇살을 받고 있었다.

"길고양이라고 해서 어떤 고양이인가 궁금했는데…… 아이들이 귀엽네요."

사사키 아주머니가 눈꼬리를 휘며 웃었다.

아주머니 바로 뒤에서 아저씨는 눈동자 가득 눈물이 맺혀 있었다. 아저씨는 요즘 눈물을 잘 흘린다.

"이 아이들은 이제 길고양이가 아니지."

아저씨는 겨우 그렇게만 말했다.

엄마의 삼십 년 지기 오제키 씨가 놀러 왔다. 엄마와 동갑으로, 수년 전 남편을 보내고 지금은 혼자 산다.

"엄마가 기특하네."

오제키 씨는 요 석 달 남짓한 동안 일어난 일을 엄마에게 대략 듣고 미미에게 크게 감탄했다.

"원래는 길고양이였잖아? 그런데 대문 옆 덤불에서 낳은 다섯 새끼를 정성껏 키워서 모두 좋은 데로 입양 보내고, 거기다가 자기까지 집이 생겼잖아. 얼마나 현명한 엄마야."

"맞아. 사료 먹을 때도 말이지, 새끼들이 다 먹을 때까지 기다리는 거야. 제 몸보다 큰 사료 봉투를 질질 끌고 가서 새끼들에게 먹이려고 하는 걸 봤을 때는 나도 울컥했어."

"부모의 귀감이네. 어쭙잖은 인간 부모보다 훌륭해. 분명히 새끼들의 장래를 생각해서, 여기라면 괜찮을 거야, 하고 이 집에서 몸을 푼 거야."

"그러고 보니 새끼를 낳기 며칠 전에 집 안에 들어왔었

함께여서 다행이야

어. 어쩌면 그때 사전 답사를 왔던 게 아닐까?"

"그래. 분명히 답사를 온 거야."

엄마와 오제키 씨는 길거리를 헤매는 길고양이가 덤불에서 새끼를 낳아 온 힘을 다해 키우고, 자신과 자식의 인생을 개척하기까지의 전말에 크게 감동했다.

"그래요. 길고양이였어요."

"버려졌던 걸까요? 길고양이 무리를 맨 뒤에서 따라다녔어요."

엄마는 누가 올 때마다 매번 이렇게 아무 거리낌 없이 큰 목소리로 거듭 말했다.

미미는 그 이야기를 곁에서 듣고 있었다. 자신들 이야기라는 걸 아는 걸까. 귀가 쫑긋 서 있다.

"이런, 미미가 듣고 있어."

그러자 미미가 몸을 뒤척여 등을 돌린다. 그 동그란 등이 평소보다 작아 보인다……

"내가 무신경했구나."

어느 날, 엄마가 차분한 얼굴로 반성했다.

"손님들한테 길고양이였다고 이야기하고 있으면 미미 상태가 어쩐지 좀 이상했어. 맥이 없더라고. 말을 알아듣고 풀이 죽은 게 아닐까? 미미한테 나쁜 짓을 해버렸어. 내가 무신경한 인간이란 걸 이 나이가 돼서야 깨닫는구나."

엄마는 그 뒤로 미미가 있는 데서 사람들에게 이야기할 때는 "미미가 상처 입으면 안 되니까 큰 소리로 말하지는 못하겠지만" 하고 말문을 연 다음 목소리를 낮춰 "저기, 이 아이는 길고양이였잖아요" 하고 귓속말했다. 그러면 미미는 점점 민감해져서, 귀를 실룩거리며 목소리가 나는 쪽으로 안테나를 향했다. 그 모습을 보고 엄마는 '길고양이'라는 말을 쓰지 않고, 다른 식으로 말하게 됐다.

"저기, 미미짱은 원래 '바깥 사람'이었기 때문에."

이렇게…….

미미는 이 말을 어떻게 생각하며 듣고 있을까? 어쨌든 엄마도 나름대로 미미를 배려하고 있다.

둘만의 비밀

다로는 형제가 떠난 뒤에도 혼자 새끼 고양이 기분을 만끽했다. 사료는 이미 미미와 똑같은 것을, 때로는 미미 몫까지 먹는다. 체격도 미미에 육박할 기세이다. 그런데도 아직까지 미미의 배 아래로 머리를 들이밀어 억지로 젖을 먹는다. 미미는 싫어하며 히스테릭하게 새된 소리를 지르고 매달리는 아들을 뿌리친다. 그렇게 하는데도 달려들어 떨어지지 않으면 아들의 머리를 맹렬하게 '뒷발 팡팡' 하고, 그대로 맞붙어 모자간 싸움이 벌어졌다. 어느새 몽글 부풀었던 미미의 유방도 작아져 있다. 전에는 그르르르, 그르르르 하고 비둘기 같은 다정한 목소리로 새끼 고양이들을 불렀는데 그 목소리도 들리지 않는다.

그 겨울, 미미는 내게 특별한 친밀감을 보여줬다. 작업실에서 컴퓨터 앞에 앉아 있으면 "히양" 하고 작은 목소리가 들린다. 돌아보면 미미가 문간에 오도카니 앉아서 나를 보고 있다.

"미미짱, 왔어?"

"햐."

"이리 와."

미미는 마룻바닥을 곧장 걸어와 내 무릎으로 훌쩍 뛰어 올라와서는 겨울잠 자는 여우처럼 작게 몸을 말았다. 곁눈으로 흘깃 나를 올려다보고 눈을 감는다. 목을 긁어주면 턱을 드는데, 반쯤 벌린 입가로 귀여운 싹 같은 흰 엄니가 엿보인다. 그리고 목구멍 안쪽에서부터 저 멀리 미니바이크가 달리는 듯한 골골 소리를 낸다.

나는 미미를 쓰다듬으며 "미미짱, 미미짱, 코 자자……" 하고 즉흥으로 자장가를 흥얼거렸다. 그러면 미미는 내 허벅지에 끊임없이 얼굴을 비비면서 골골골골 목구멍을 울렸다.

미미는 때로 넋을 잃고 앞다리로 담요를 '꾹꾹이' 한다. 이 동작은 엄마 고양이의 젖가슴을 주무르며 젖을 먹었던 흔적이라고 하는데, 미미도 엄마가 그리운지도 모르겠다고 생각했다.

그때 갑자기 문간에서 "냐아!" 하고 우렁찬 소리가 났다. 아들이다. 다로는 아무리 시간이 지나도 미미 뒤를 쫓아온다. 그 순간, 내 무릎 위에서 어리광을 부리던 미미가 움찔 뛰어올랐다. 그리고 지금까지의 일 따위는 없었던 것처럼 냉담하게 내 무릎에서 펄쩍 뛰어내리더니 다로의 코앞을 지나 계단을 달려 내려갔다. 처음에는 그런 미미의 갑작스러운 태도 변화가 고양이의 변덕이라고 생각했다.

그 뒤로도 몇 번 비슷한 일이 있었다. 미미는 내 무릎 위에서 손길을 즐기다가도 다로가 들어오면, 갑자기 쌀쌀맞게 내 손을 뿌리치고 방을 나가버렸다.

어느 날, 퍼뜩 깨달았다. 어쩌면 미미는 어리광 부리는 모습을 다로에게 보여주기 싫은 게 아닐까…….

그러고 보니 미미가 스킨십을 바라는 건 언제나 내가 혼자일 때였다. "이리 와" 하고 부르면 미미는 달려오기 전에 왠지 뒤돌아 문간을 본다. 내가 쓰다듬을 때도 내 무릎 위에서 흘깃흘깃 문간을 보고 있다. 언제 다로가 올까 신경 쓰는 듯하다. 누구도 보지 않는 곳에서 어리광을 피우고 싶은지도 모르겠다. 그렇게 생각하니, 고양이의 변덕이라고 여겼던 미미의 갑작스러운 태도 변화가 이해됐다. 어리 광 피우는 모습을 보이는 게 부끄러운 건지, '부모의 체면' 이 달린 건지, 어쨌든 미미의 마음을 헤아려주지 않으면 안 됐다.

다음에 방에 들어왔을 때도 돌아보며 문간을 신경 쓰기 에 문을 닫아줬다. 그러자 미미가 놀랐다는 듯이 눈을 크 게 뜨고 나를 올려다봤다. 방에 단둘이 있게 됐다.

눈과 눈이 마주쳤다. 라무네 유리병 같은 색을 띤 눈동 자가 내 눈을 곧게 보고 있다. 깊은 눈동자였다. 그 안쪽에 미미의 마음이 있는 걸까? 어쩐지 우주와 이어져 있는 듯 한 기분이 들었다.

"……."

"……."

그 순간, 우리의 마음이 통했다.

이것은 둘만의 비밀……

미미는 내 무릎 위에서 골골골 어리광을 피우고, 나는 살짝 두근두근하면서 미미를 쓰다듬었다.

얼마 지나지 않아 복도에서 아들이 냐아, 냐아 울부짖으 며 닫힌 문을 득득 긁기 시작했다. 미미는 화들짝 몸을 일 으켜 문을 봤다가 내 눈을 들여다봤다. 불과 일 초. 그 전광

석화 같은 시간 동안, 미미는 무슨 생각을 했을까? 다음 순간에는 무릎에서 펄쩍 뛰어내렸다.

"알았다, 알았어. 지금 열어줄게."

문을 열자, 아들이 어리둥절한 얼굴로 앉아 있었다. 미미는 다로 코앞을 지나쳐 계단을 다다다다 달려 내려갔다.

유혹하는 고양이

이따금 미미에게 휘둘리는 듯한 기분이 들기도 한다.

그 오후에도, 미미는 2층에 찾아와 내 무릎에 올라왔다. 나는 마침 외출하려던 참이라 미미를 의자에 앉혀두고 일어서려고 했다. 그런데 스웨터 소맷부리에 뭔가가 걸렸다. 미미의 손이었다.

"미미짱, 안 돼. 지금은 놀아줄 수가 없어."

소맷부리에 걸린 미미의 손톱을 살며시 빼내고 방을 나서려는데 "먀~앙!" 소리가 났다. "지금은 안 돼"라고 말하며 돌아본 순간, 나는 돌이 됐다······.

미미가 의자 위에서 눈처럼 흰 푹신푹신한 배를 내보이

며 어리광 피우듯 뒹굴뒹굴 몸을 비비 꼬고 있었다. 그때의 미미는 더 이상 그 야무진 엄마가 아니었다. 새끼 고양이처럼 쾌활하고 천진하고 참을 수 없을 만큼 사랑스러웠다.

나는 당황했다. 미미도 내가 당황했다는 걸 알아차린 듯했다. 재미있어하며 눈동자를 반짝반짝 빛내고, 몸을 마구 비틀며 아양을 부린다. 그 매력에 저항할 수 없었다……. 나는 거미줄에 걸린 듯 끌려가 "미미짱!" 하고 배를 마구 쓰다듬으며, 푹신푹신한 흰 털에 얼굴을 푹 파묻고 솜털 같은 감촉을 만끽하면서 찐빵 비슷한 냄새를 마음껏 들이마셨다.

그 뒤로 미미는 나 혼자 있으면 부엌이든 복도든 벌렁 드러누워 나를 유혹했다. 그럴 때 미미의 눈은 장난꾸러기처럼 반짝반짝 빛나고, 그 빛 속에서는 반드시 넘어오게 하겠다는 자신감이 보였다.

"오늘 밤 재워줘."

나오미가 찾아온 것은 차가운 비가 내리는 깊은 밤이었다. 우리는 어릴 적부터 친구로, 사정이 비슷했다. 결혼하지 않고 엄마와 둘이 산다.

그런데 작년에 어머니가 갑자기 세상을 떠나고 나오미

는 혼자가 돼버렸다.

그 밤, 나오미는 꽤 취해 있었다. 사실은 회사가 위험하단다. 관련 회사의 부도에 휘말려 줄도산하게 생겼다고 한다. 어머니의 갑작스런 죽음부터 여러 가지 일이 있어서 마음고생이 심했을 것이다. 나오미는 몸도 마르고 얼굴도 창백했다.

이미 엄마도 잠든 뒤였다. 취해 거실 테이블에 푹 엎드린 나오미를 혼자 두고 나는 2층에서 이불을 깔고 있었다.

그때 일어난 일을 나오미는 나중에야 고백했다.

……엎드려 있는 나오미의 겨드랑이 밑에 뭔가 따뜻하고 뭉실뭉실한 것이 닿았다고 생각한 순간, 겨드랑이를 휙 뚫고 테이블 밑으로 파고들었다……. 눈을 떠보니, 테이블 밑에서 미미가 눈을 동그랗게 뜨고 걱정스럽게 들여다보고 있었다.

"신비로운 눈이었어. 얼마나 깊었는지 몰라. 그 눈을 보고 있자니 지금 내가 느끼는 외로움도 불안도, 그 고양이가 전부 이해해주는 듯했어. 어쩐지 꼬옥 끌어안고 싶어졌어."

우리 집에서 잔 다음 날 아침, 나오미가 욕실에서 이를 닦는데 다리에 푹신푹신 부드러운 것이 느껴졌다. 나오미는 거기 있는 미미를 보고 깜짝 놀랐다.

어젯밤 테이블 밑에서 나오미를 걱정스럽게 쳐다봤던, 그 상냥한 엄마 고양이가 아니었다.

"매력적이었어. 젊고, 늘씬하고, 어딘가 신비로웠어."

미미는 빛나는 눈으로 나오미를 바라보며 어리광을 피우듯 나직하게 울었다. 저쪽으로 걸어가버리나 싶었는데, 어깨 너머로 휙 돌아보더니 의미심장하게 "햐~앙" 하고 울고는 또 걷다가 휙 돌아보며 시선을 보냈다고 한다.

짚이는 데가 있다……

"혹시 둘만 있지 않았어?"

"맞아."

"두근두근했지?"

"그랬지. 완전히 나를 유혹하고 있었어. 미미짱, 다른 사람한테는 비밀이야 하는 얼굴이었다고. 완전히 마성의 여자야."

개도 고양이도 아닌, 너

미미에 비하면 다로는 평범한 사내애였다.

앞다리로 도토리를 굴려 축구를 하고, 대굴대굴 굴러서 찬장 밑으로 들어가버린 도토리를 꺼내려 앞다리를 쭉 펴서 필사적으로 허우적댄다……. 아장아장 걸어 다닐 때는 이 찬장 밑으로 들락날락하면서 형제들과 놀았지만, 지금은 아무리 몸을 비틀어도 몸이 들어가지 않아 굴러 들어간 도토리에 손이 닿지 않는다. 하루는 엄마가 대나무 자로 찬장 밑을 훑었더니 도토리를 비롯해 방울, 고양이 낚싯대, 쥐 장난감 등이 먼지와 함께 대굴대굴 굴러 나왔다.

쥐 장난감은 사치코가 준 선물로, 다로가 참 좋아했다.

바퀴 두 개 달린 플라스틱에 쥐색 천을 씌웠을 뿐인데, 꼭 쥐처럼 보인다. 낚싯대 줄 끝에 달려 있어서, 줄을 방석 밑에 두고 잡아당기면 쥐가 방석 밑으로 쪼르르 들어간다. 바로 그 순간, 다로와 미미가 일제히 덮친다. 사치코가 그 모습을 보고 "다로짱, 너 쥐 알아?" 하고 놀리듯 웃었다. 미미는 '바깥 사람'이었으니까 쥐를 알겠지만, 다로는 본 적도 없을 터이다. 그런데도 엄연한 고양이라는 듯 자세를 낮추고 엉덩이를 씰룩씰룩 흔들며 방석 밑으로 쪼르르 들어가는 쥐에게 달려든다.

실컷 노는 사이에 줄이 끊어져 그 쥐가 찬장 밑으로 들어가버렸다.

오랜만에 나타난 쥐는 뜯겨서 머리도 벗어져 있었다. 그래도 다로는 그 쥐에 집착한다. 내가 거실에 앉아 있으면, 구석에 있는 장난감 상자 쪽으로 가서 수많은 장난감 중 쥐를 골라 물고 와 내 무릎 앞에 둔다. 그리고 조금 떨어진 데서 몸을 낮추고, 내가 던지기만을 이제나저제나 기다린다.

쥐를 휙 던지면 다로는 경이로운 신체능력을 보여준다. 가뿐하게 점프해 공중에서 상반신을 백팔십 도 비틀며 멋지게 쥐를 잡아채서는 탁 착지한다.

"다로짱, 나이스 캐치!"

칭찬하면, 쥐를 물고 다시 내 무릎 앞으로 가져온다. 그리고 조금 떨어진 데서 태세를 갖추고 기다린다. 힘껏 높이 던져도 신장의 몇 배나 되는 높이까지 점프해서 잡은 쥐를 내 앞으로 가져온다.

"좋았어, 천 번이고 만 번이고 던져주마."

나도 의욕이 넘쳤고, 다로도 불타올랐다.

다로와 놀고 있으면, 이따금 개와 노는 것 같은 착각이 든다. 어릴 적, 집에서 키우던 핑키도 내가 던진 것을 이런 식으로 잡아채서는 물고 와 다시 던지기를 기다렸다.

작업실에서 내려올 때, 계단 난간 위에 있는 다로에게 "이리 와" 하고 말을 걸면 다로는 난간에서 착 뛰어내려 나와 함께 계단을 내려간다. 시바견 모모도 항상 이런 식으로 함께 공원 계단을 뛰어 내려갔다.

"다로짱, 너 정말 고양이 맞아?"

핑키나 모모가 환생한 게 아닌가 생각하기도 했다.

언젠가 사치코가 말했다.

"고양이가 싫다는 사람은 아마 고양이를 키운 적이 없을 거야. 키워본 적이 없으니까 모르는 게 아닐까?"

그럴지도 모른다……. 개가 더 좋냐, 고양이가 더 좋냐할 때도, 개파인 사람은 개밖에 키운 적이 없어 고양이를 모르는 것이다. 고양이파인 사람은 고양이밖에 키운 적이 없어 개를 모르는 것이다. 그냥 그뿐일지도 모른다.

실제로 나도 얼마 전까지 내가 개파라고 생각했다. 하지만 어쩌다 이렇게 고양이와 지내보니, 내가 놀고 있는 상대가 개인지 고양이인지 이따금 알 수 없어졌다. 결국 어느 쪽이든 상관없이 좋았다. 그러니까 내가 쥐를 던지며 놀아주는 상대는 개도 고양이도 아닌 '다로'였다.

다로는 나와 함께 쥐 던지기 놀이를 하지만, 쓰다듬어주기를 바라는 사람은 오직 엄마뿐이다. 엄마 옆에 딱 앉아 쓰다듬어줄 때까지 냐아, 냐아 재촉한다. 엄마가 "아이고, 다로 착하지" 하고 머리나 등을 어루만져주면 만족스러운 듯 눈을 가늘게 뜬다.

엄마는 때때로 다로의 조그만 머리를 빗으로 빗겨준다. 그러면 엄청나게 기분이 좋은 모양이다. 좀 더, 좀 더 하고 빗에 머리를 힘차게 들이댄다.

"알았어, 알았어. 이렇게 말이지?"

머리를 세게 빗으면, 두피가 당겨져 눈초리가 치켜 올라가 여우 얼굴처럼 된다. 그래도 좀 더, 좀 더 하고 머리를 들이민다. 엄마의 손이 잠시라도 멈추면 냐아! 하고 불평

한다.

그런가 하면 미미는 내 무릎에 올라와 몸을 동그랗게 말지만, 어째서인지 엄마 무릎에는 절대 올라가지 않는다.

아무래도 담당이 정해져 있는 모양이다. 미미 담당은 나. 다로는 엄마.

"분명히 고양이들끼리 의논했을 거야. 불공평해지지 않게 미미가 신경을 쓴 거겠지. 어쨌든 미미는 세상 쓴맛 단맛을 다 아니까."

엄마는 그렇게 말했으면서도 이따금 고양이들의 규칙을 상관하지 않고 미미를 쓰다듬는다. 그러면 레드카드를 꺼내 든 심판처럼, 즉시 다로가 날아와 미미 코앞을 스쳐 지나서는 엄마와 미미 사이를 파고들어 방해한다. 그리고 마지막에는 꼭 모자가 맞붙어 싸움이 벌어진다.

나도 무심코 중요한 순서를 까먹는다. 평소에는 세면대에서 미미를 쓰다듬고 나서 다로에게 말을 거는데, 어느 아침 마침 신문을 가지러 거실에 갔더니 바구니 안에서 다로가 자고 있었다. 천진한 얼굴로 입을 반쯤 벌리고 있어 작고 흰 이빨이 엿보였다. 어쩔 수 없는 기분으로 가까이 가서 다로를 살며시 쓰다듬었다.

"다로짱, 착하지."

눈을 뜬 다로가 "냐" 하고 말했다.

"옳지 옳지, 우리 귀여운 다로짱."

"냐아, 냐아."

나는 다로의 머리와 귀를 긁어줬고, 다로도 내 손에 끊임없이 얼굴을 비벼댔다.

이윽고 일어서면서 문득 소파 쪽을 보는데, 미미가 등을 돌리고 자고 있었다. 그 등이 어쩐지 쌀쌀맞다. ……아직 미미를 쓰다듬지 않았다는 것을 깨달았다.

"우리 귀여운 미미짱."

평소라면 아무리 작게 말해도 귀를 쫑긋하는데, 미동도 하지 않는다.

"정말 좋아해, 미미짱."

몇 번이나 말을 걸어도 미미는 등을 돌린 채 돌아보지 않는다. 옆으로 가서 등을 쓰다듬는 순간, 스윽 내 손에서 빠져나가 소파에서 뛰어내려 가버렸다. 미미는 그날 하루 종일 내게 오지 않았다…….

미미도 다로도 변함없이 껴안는 것을 싫어했다. 안으려고 하면 사지를 버둥대며 날뛴다. 엄마에게 안겨 젖을 먹는 동안에는 인간에게 안기는 것을 싫어하나 보다 하고 생각했는데, 새끼 고양이일 때 조금 무리해서라도 안아뒀다면 이렇게까지 싫어하지는 않았을지도 모른다.

그래도 엄마는 우격다짐이다.

"지금부터라도 익숙해지게 하면 돼."

그러면서 싫어하는 다로를 억지로 안아 들고 "다로짱, 다로짱" 하며 둥개질을 하기도 하고, 뺨을 비비기도 한다. 다로는 대체 무슨 일이야 하는 얼굴로 얼마간 멍하니 있지만, 그것도 길어야 십 초 정도. 바로 정신을 차리고 필사적으로 발버둥 쳐 엄마를 걷어차고 쏜살같이 도망친다. 그러면서도 질리지도 않고 다시 엄마 옆에 앉는다.

"정말 싫어하면 절대로 옆에 오지 않아. 이렇게 오는 걸 보면, 사실은 다로도 안아줬으면 하는 마음이 조금은 있는 거라고."

엄마는 이렇게 엄마 좋을 대로 다로의 마음속을 해석한다. 그리고 다로를 붙잡아 억지로 껴안고 "다로짱, 다로짱" 하고 둥개질을 한다.

이런 일을 반년 정도 거듭하는 동안, 다로는 엄마 무릎에 몸을 기대고 앞치마를 한 볼록한 배에 얼굴을 문지르며 애교를 부리게 됐다. 엄마가 텔레비전에 정신이 팔려 있으면, 뒷발로 일어서서 엄마 어깨에 앞다리를 걸치고 '이쪽

좀 보라고' 하고 말하듯 냐아, 냐아 운다.

엄마는 그런 다로가 귀여워 견딜 수 없나 보다. 다로를 꼭 껴안으며 "우리 착한 다로" 하고 볼을 비비고, 쪽쪽 소리 내며 다로의 뒤통수에 뽀뽀를 한다.

갑자기 어린아이에게 시선이 가기 시작했다. 어느 날, 버스를 탔는데 앞쪽 좌석에 작은 남자아이가 앉아 있었다. 백도 같은 뺨에 노란 장화를 신은 발을 열심히 흔들며, 엄마에게 기대 가슴에 머리를 묻고 '싫어, 싫어' 하는 양으로 어리광을 피운다. 그 아이가 하는 행동을 넋을 잃고 보면서 '우리 다로와 또래일까……' 하고 생각해버렸다.

지하철에서도 남자아이가 엄마에게 끊임없이 말을 거는 모습에 시선이 갔다. 엄마가 건성으로 대답하면 "엄마, 엄마" 하고 엄마 어깨를 흔든다.

'우리 다로랑 똑같네…….'

고양이도 사람도, 어린애가 하는 행동은 똑같았다.

고양이의 새끼와 함께 사니 다른 사람의 자식을 보는 눈까지 달라졌다. 아이 가진 사람은 다들 이런 심정이 되는 걸까…….

하지만 생후 육 개월이 된 다로는 더 이상 유아가 아니라 소년이었다. 야무진 얼굴에, 스포츠 스타일의 짧은 털은 윤기가 자르르하다. 등 근육이 단단하게 죄이는 것이 미미의 몽글몽글한 몸과는 골격 자체가 달랐다.

하지만 모자가 함께이다 보니, 아무리 시간이 지나도 '엄마 마음', '자식 마음'이 없어지지 않는 모양이다. 다로는 다 커서도 바구니 안에 있는 미미를 부둥켜안는다. 미미도 아들을 안아준다. 도라에몽 손처럼 희고 동그란 앞다리로 커다래진 아들의 머리를 단단히 껴안고, 눈 귀 할 것 없이 세차게 핥는다. 다로는 졸린 얼굴로 미미가 하는 대로 몸을 맡기고, 이윽고 한 바구니 안에서 잠든다.

"이렇게 다 자란 아들을 껴안고……. 귀여워서 어쩔 줄 모르는 거겠지."

도저히 피해 갈 수 없는, 마음 무거운 문제가 성큼 가까이 다가왔음을 느끼며 엄마와 나는 미미가 다로를 단단히 껴안고 자는 모습을 넋을 잃고 바라봤다.

중성화 수술

피해 갈 수 없는, 마음 무거운 문제……. 그것은 미미와 다로의 중성화 수술이다.

"먼저 엄마의 중성화 수술을 서둘러주세요."

자원봉사를 하는 다카코 씨가 몇 번이나 말했다. 고양이 발정기는 한 해에 몇 차례. 수유가 끝난 미미는 또다시 언제든 임신할 수 있는 상태다. 만약 어느 찰나에 밖으로 뛰쳐나가 교미해버리면 다시 새끼 고양이가 늘어난다……. 암컷 고양이가 한 번에 낳는 새끼는 네다섯 마리. 이 이상 키울 생각이 없다면 역시 수술하지 않으면 안 된다.

수술 날, 내가 미미를 동물애호협회에 데리고 가기로

했다.

"미미짱, 미안하구나. 하지만 새끼는 많이 낳았으니까 이제 괜찮지? 용서하렴."

이동장에 든 미미에게 엄마가 말을 걸었다. 미미는 그날 오후에 수술을 받고 그대로 하룻밤 입원하기로 했다. 미미를 맡기고 집으로 돌아와 작업실 컴퓨터 앞에 앉았지만, 지금쯤 미미는 수술대 위에 있겠구나, 생각하니 딱해서 그대로 있을 수가 없었다. 애호협회 앞까지 가봤지만 어쩐지 안에 들어가지는 못하고 돌아왔다.

다음 날 아침, 애호협회 병원이 열리기를 기다려 미미를 데리러 갔다. 집으로 돌아와 이동장을 열자, 미미는 달라진 기색도 없이 평소처럼 해가 드는 툇마루 쪽으로 태연하게 걸어갔다. 그러나 벌렁 드러눕자 흰 털이 깎여나간 배에 생생한 수술 자국이 보였다. 안되긴 했지만, 어깨의 짐을 하나 내려놓은 듯한 것도 사실이었다.

"작으니까 아직 괜찮아."

"너무 빨리 수술하면 불쌍하잖아."

다로의 중성화 수술도 그리 멀지 않았다는 걸 알면서도, 나와 엄마는 미루고 미뤘다. 하지만 생후 육 개월이 지나자 다로의 몸도 성장하고, 엉덩이를 보니 고환이 볼록하게 부풀어 있었다. '그때'가 가까워지고 있다……. 다로는 아직 확실한 징조를 보이지 않았지만, 밤에 멀리서 고양이가 "갸아앗!" 하고 외치거나, 다로가 방충망 앞에서 밖을 신경 쓰며 안절부절못할 때마다 나와 엄마는 뜨끔해서 얼굴을 마주 봤다. 사춘기를 맞은 아이를 둔 부모의 심정이 이럴까? 이제나저제나 하고 엉거주춤 앉아 있는 듯한 상태였다.

발정기가 오면 겁 많은 다로도 돌변해, 암컷을 찾아 밖으로 뛰쳐나갈지도 모른다. 한밤중에 "우갸아!" 하고 외치며 어딘가의 수고양이와 결투를 벌여 중상을 입을지도 모른다. 교통사고를 당할지도 모른다. 행방불명이 되는 수고양이도 많다고 한다.

"거세해주는 편이 좋아요. 그러면 발정기 스트레스도 없어지고, 생식기 관련 병이나 감염증도 예방돼서 오히려 오래 살 수 있어요."

다카코 씨 덕분에 가여운 마음이 꽤 가셨지만, 그래도 엄마는 계속 마음 아파했다.

"한 번도 아이를 낳지 않다니, 다로짱이 불쌍해. 아아, 한번 정도는 다로짱에게 아이를 낳게 해주고 싶었어."

이렇게 계속 슬퍼했다. 물론 다로가 직접 낳는 건 아니지만, 엄마는 다로에게 자식을 갖는 기쁨을 맛보여주고 싶었던 모양이다.

의외였다. 왜냐하면 엄마가 아이 낳는 기쁨에 대해 이야기하는 것을 들은 적이 없다. 오히려 엄마는 "함부로 부모가 되는 게 아니야"라고 자주 말했다. 부모의 책임이 얼마나 중대한데, 그런 각오도 없이 어설픈 마음으로 부모가 돼서는 안 된다고 훈계하고 싶었던 것일 테다.

하지만 그럴 걱정은 없었다. 나는 아이를 싫어하지는 않지만 그렇다고 반드시 낳고 싶다고 생각한 적도 없다. "결혼은 됐고, 아이를 원해"라는 여자도 있으니 언젠가 내 안에서도 아이를 낳고 싶다는 충동이 거세게 치밀어 오를까 싶었는데 그렇지도 않았다. 그런 내가 스스로 좀 유별나다고 생각했다.

"아아, 다로짱. 미안하구나. 애써 태어났으니, 다로짱에게도 한 번은 아이를 낳게 해주고 싶었는데."

포기가 되지 않는지 몇 번이고 탄식하는 소리를 듣고, 엄마가 내게 말한 적 없는 본심을 본 듯한 기분이 들었다.

수술 날, 이번에는 엄마가 다로를 애호협회에 데려갔다.

여섯 달 전, 엄마는 여기로 달려가 새끼 고양이를 맡아달라고 부탁했다가 젊은 직원에게 시설이 꽉 찼다고 거절당하고는 말다툼을 벌인 적이 있다.

"그때 그 애 있을까? 마주치면 좀 그런데."

이렇게 거북해하며 이동장을 들고 갔지만, 말다툼을 벌인 직원은 자리에 없었던 모양이다. 이동장에서 나온 다로는 수의사를 보고는 엄마 배에 파고들어 벌벌 떨었다고 한다.

"우리 다로는 평소에도 엄청 소심해요. 이런 아이의 중요한 데를 떼버려도 괜찮을까요?"

"걱정 마세요. 침착해질 겁니다."

엄마의 물음에 수의사는 웃으며 이렇게 대답했다고 한다.

"겁 많은 애가 침착해지면 어떻게 되는 거야?"

엄마는 돌아와서 고개를 갸웃거렸다.

장마가 내리던 아침, 절벽 끝 풀고사리 덤불에서 잡아꺼냈을 때의 다로를 떠올렸다. 내 손안에서 호랑이 무늬 몸을 비비 꼬며 뭔가를 주장하듯 미이-미이- 울었다. 아직 눈도 뜨지 않고, 귀도 접혀 있어 새끼 수달 같았다. 그랬던 애가 지금 수술을 받고 있다……. 그렇게 생각하니 또다시 가만히 있을 수가 없었다. 곁에 있어주고 싶어서 애호협회 주변을 빙빙 돌았다. 애호협회 입구에 새빨간 동백꽃이 피어 있었다. 나는 그 동백꽃 한 송이를 꺾었다.

"다로쨩, 미안해⋯⋯."

필요한 일이라는 건 안다. 더 이상 새끼 고양이를 늘릴 수는 없다. 하지만 인간의 형편으로 다로의 꽃을 꺾어버린 것 같은 기분이 든다.

다음 날, 퇴원해 집으로 돌아온 다로는 이동장에서 나와 맥없이 2층으로 올라갔다. 어디에 숨었는지 찾아보니, 옷장 안쪽 롱코트 옷자락에 웅크리고 있었다. 불러도 나오지 않는다.

"역시 충격이었나 봐."

"이대로 내버려두자."

저녁, 밥시간에 불러도 다로는 내려오지 않았다. 목소리를 한 번도 듣지 못한 채 하루가 지났다. 다로가 아래층으로 내려온 것은 다음 날 저녁이었다. 5시, 평소처럼 엄마가 사료 준비를 시작하면서 쟁그랑쟁그랑 법랑 그릇이 부딪히는 소리가 나자, 어느새 부엌에 와 있었다.

"아, 다로⋯⋯."

나와 엄마는 얼굴을 마주 보고, 잠자코 사료를 먹는 다로를 지켜봤다.

그다음 날, 다로는 평소의 다로로 돌아와 "냐아!" 하고 울었다. 주체하지 못할 정도로 긴 줄무늬 꼬리를 있는 힘껏 치켜세우고 걷는다. 그 엉덩이를 보니, 불룩하게 부풀었던 고환이 조금 작아진 듯했지만, 아예 없어진 건 아니었다.

그 후 언젠가 다로가 걷는 뒷모습을 보고 "어?" 하고 생각했다. 미미는 엉덩이가 포동포동해서 넓적다리를 조금 벌리고 어슬렁어슬렁 걷는데, 다로는 새끼 사슴 같은 다리로 종종 안짱걸음을 걷는다.

"어머, 다로짱, 안짱다리였나?"

옛날, 동네 할머니가 기모노를 입고 안짱걸음을 걸었던 뒷모습을 떠올렸다.

"역시 남자의 소중한 곳을 떼버린 탓일까?"

엄마는 고개를 갸웃했다.

어쨌든 더 이상 발정기가 언제 올지 신경 쓸 필요는 없어졌다. 이것으로 네 식구, 평화롭게 살아갈 수 있다……

가네다 씨가 모나카(나나)와 고토라(지로)의 근황을 이메일로 보내줬다. 사진이 첨부돼 있었다. 잠시 보지 않은 사이에 모나카는 아가씨가 됐고, 고토라는 미미를 많이 닮은 잘생긴 젊은이가 됐다. 둘 다 중성화 수술도 받았다. 덩치가 큰 고토라가 먼저 수술을 받았다. 모나카는 작으니까 아직 괜찮다고 생각했는데, 그것이 어느 날 갑자기 찾아왔다고 한다.

"얌전한 모나카가 갑자기 엄청난 소리로 울어서 깜짝 놀랐어요."

이렇게 적혀 있다. 형제 중에서 가장 발육이 늦고, 걸음걸이도 미숙했던 그 아이에게도 사춘기의 풍랑이 찾아왔구나…… 입양 간 아이의 근황에 일일이 눈시울이 뜨거워진다.

에비스의 사와코 씨로부터는 업무 미팅 때마다 텐짱(구로)의 근황을 들었다. 텐짱도 이미 수술을 받고, 먼저 살고 있던 케토 씨와 톰과 제리처럼 술래잡기를 한다고 한다.

'고양이 아줌마' 미도리 외숙모네로 간 뮤(시즈짱)는 가장 먼저 수술을 받고, 먼저 그 집에 자리를 잡은 할아버지 고양이와 함께 잔다. 할아버지 고양이는 변함없이 뮤가 꾹꾹이를 하도록 가슴을 내준다고 한다.

"지로도 나나도 구로도 시즈짱도, 그동안 꽤 자랐어. 다들 건강하게 잘 지낸대."

벌렁 드러누운 미미의 몸을 쓰다듬으면서 말해줬다.

함께여서 다행이야

"어머, 굳이 말하지 않아도 잘 통해."

엄마도 레이코 이모 같은 말을 하게 됐다.

레이코 이모는 엄마의 둘째 여동생으로, 영국인과 결혼해 그쪽에서 삼십 년 넘게 살고 있다. 돌봐줄 사람 없는 고양이의 가족이 돼, 지금까지 코키, 제임스, 뮤즈, 헨리, 제스 등 수많은 고양이와 살았다.

레이코 이모는 전부터 "고양이는 인간이 무슨 말을 하는지 전부 알아듣고, 대화도 할 수 있어"라고 당연한 얼굴로 말했다.

"아침에 제임스한테 남편 좀 깨우고 오라고 했더니, 곧장 침실로 달려가더라고. 그런데 좀 있다가 부루퉁한 얼굴로 돌아와서는 좀처럼 일어나지 않는다고 나한테 냐아냐아 일렀어."

"헨리한테 '뮤즈 어디 있니?' 물었더니 '저쪽'이라고 한쪽 귀로 밖을 가리켰어."

이렇게 별일 아니라는 듯 말했다. 처음에는 쿡쿡 웃으며 들었지만, 그러는 동안에 좀 걱정됐다.

"정말이지 어떻게 됐나 봐. 레이코는 어째서 멀쩡한 얼굴로 그런 말을 하는 걸까?"

엄마는 자주 기가 막혀했다.

그런 엄마가 지금은 고양이와 수다를 떤다.

"슬슬 밥 먹자. 바압!"

"냐아!"

"그래그래, 다로. 기다려."

"냐아, 냐아."

"알았다, 알았어. 지금 바로 줄게."

나도 전에는 고양이를 좋아하는 지인의 부인이 "우리 집 냥이는 내가 하는 말을 척척 알아듣는 똑똑이예용" 하고 알사탕이라도 물고 있는 듯한 말투로 하는 말을 듣고, 아무리 사랑한다고 해도 고양이를 좋아하는 사람들은 어째서 이렇게 주변을 의식하지 않는 걸까 하고 이상해했다.

그런데 미미, 다로와 살면서 나도 조금씩 고양이의 언어를 알게 됐다. 예를 들어 같은 '냐앙'이라도 기분 좋을 때, 화났을 때, 관심을 끌고 싶을 때, 문을 열어달라고 할 때, "어디 있어?" 하고 부를 때 등 상황에 따라 미묘하게 억양이나 뉘앙스가 달라진다. 그리고 그 요구의 정도에 비례해 점점 목소리가 길고 강해진다. 그 목소리를 무시하거나 알아주지 않으면 점점 짜증이 나서 "냐아아아아아아아앙!" 하고 고함친다.

미미는 기분이 좋을 때 이름을 부르면 "향" 하고 짧게 대답하고, 눈앞을 지날 때는 "하" 하고 가볍게 한마디 하고 간다. 어리광 피우고 싶을 때는 몸을 비벼대며 "햐앙" 하고 속삭이고는 눈을 가늘게 뜨지만, 내키지 않을 때 이름을 부르면 시끄럽다는 듯 딴 데를 본다. 그래도 상관하지 않고 끈질기게 부르면 돌아보면서 "냐아앗!" 하고 히스테릭하게 외친다.

울음소리보다 꼬리는 더 알기 쉬웠다. 다로가 긴 꼬리를 곧게 세우고 다가올 때는 의기양양해하는 것이고, 장지를 찢어 엄마에게 혼났을 때는 꼬리가 힘없이 늘어졌다.

밖을 바라보며 편안하게 있을 때는 룰루랄라 콧노래라

도 부르는 것처럼 꼬리가 유유히 좌우로 흔들리고, 마당에 있는 도마뱀 같은 것을 주시할 때는 꼬리 끝이 조심스럽게 위아래로 움직인다. 그럴 때 뒤에서 "다로짱!" 하고 부르면 대답 대신 꼬리를 크게 탁 휘두른다. "지금 바쁘니까 나중에"다. 조바심 칠 때는 바닥을 꼬리로 탁탁 치고, 흥분하거나 무서울 때는 털을 펑 곤두세워 부풀린다.

꼬리는 우리 손과 마찬가지였다. 미미는 어리광을 피우고 싶을 때 몸을 몇 번이고 비비고, 꼬리를 내 팔에 휘감는다. 옆을 지날 때면 인사 대신 꼬리로 톡 내 어깨를 두드리고 가기도 한다. 다로도 엄마 관심을 끌고 싶을 때, 텔레비전을 보는 엄마 눈앞을 일부러 가로질러 가면서 긴 꼬리의 끝으로 엄마 코밑을 슬며시 간질인다.

고양이들은 이렇게 풍부한 표정으로 말하는데, 어떻게 지금까지 '고양이와 이야기할 수 있을 리 없다'고 생각했는지 모르겠다…….

우리 집 미소년

다로는 미소년이다.

호랑이 줄무늬가 뚜렷해서, 양 앞다리를 모으고 앉으면 좌우 무늬가 딱 겹친다. 그 발밑에 아주 긴 줄무늬 꼬리를 뻥 휘감으면 마치 귀부인이 손에 머프*를 두른 듯 우아해 보인다. 족제비처럼 길쭉한 등은 반지르르 윤기가 돌고, 털을 쓰다듬으면 매끈매끈하다. 회색빛 도는 파란 눈에는 아직 어린애다운 순진함이 있고, 이마에는 M 자 무늬가 또렷하다.

* 방한용 모피 토시

"이 M은 모리시타의 M이네."

엄마가 기쁜 듯 말했다.

몸은 다 컸지만 다로는 여전히 만날 흠칫거린다.

밖에서 무슨 소리가 나면 움찔하며 눈을 치켜올리고, 귀를 안테나처럼 쫑긋쫑긋 움직이면서 자세를 낮추고 창 쪽으로 다가간다. 마당을 길고양이가 가로지르기라도 하면 금세 불안해하며 미미 뒤로 숨는다.

여자들만 사는 집에 손님도 여자뿐이어서 그런지, 남자를 무서워하고 "택배입니다" 하는 목소리가 들리면 2층으로 날 듯이 도망친다.

따로 사는 남동생이 이따금 찾아오는데, 큰 몸집으로 쿵쿵 걷는 데다 고양이 알레르기가 있어 아무 데서나 거창하게 재채기를 연발한다. 다로 입장에서는 괴물이다. 남동생이 있는 동안에 다로는 절대로 모습을 보이지 않는다.

"다로짱, 이제 돌아갔어. 괜찮아."

남동생이 돌아가면 2층으로 부르러 가는데, 어디에 있는지 보이지 않는다. 옷장 안에도 없다. 문득 커튼 자락이 불룩한 것을 깨달았다. 커튼 너머로 살며시 손을 대보니 따끈따끈한 것이 바르르 떨고 있었다.

"너……, 이렇게 겁이 많아서 어떻게 해."

기가 막히면서도 그런 다로가 애처롭다.

다로가 강하게 나올 때가 있는데 곤충을 발견했을 때다. 방충망에 파리 같은 게 달라붙으면 맹렬하게 점프해서 달려든다. 작은 모기도 지나치지 않고 끝까지 쫓아가 잡는다. 다로는 강한 것에 약하고, 약한 것에 강한 스타일이다.

어느 날, 다이슨 청소기가 우리 집에 배달됐다. 카펫을 파고든 고양이 털을 청소기로 단숨에 빨아들이려고 홈쇼핑으로 샀다. 박스 안에서 나온 다이슨은 '마징가Z'처럼 우락부락했다. 미미와 다로는 경계하며 몸을 크게 부풀리고, 꼬리를 U 자로 만들어 낮게 흔들며 멀찍이에서부터 다이슨에 접근했다. 나는 본체에 긴 노즐과 헤드를 조립하고, 콘센트를 끼우고, 그리고 스위치를 켰다.

"위이이이이이이이잉!"

항공기 엔진 같은 소리가 나는가 싶더니, 고양이들 몸에 전류가 흐른 것처럼 털이 곤두섰다. 미미는 "하악!" 하고 위협하며 다이슨에 펀치를 연달아 날렸고, 다로는 휙 날아가 사라져버렸다.

1층 카펫에 박힌 고양이 털을 빨아들이고 이제 2층 작업실에도 청소기를 돌리려고 다이슨을 안고 계단을 올라가는데, 계단 위에서 다로가 공포에 질린 눈을 치켜뜨고 몸을 세 배 정도 부풀린 채 이리저리 오가며 안절부절못하고 있었다.

내가 다이슨을 안고 한 칸 한 칸 계단을 올라가며 다가간다. 도망칠 구석은 없다. 궁지에 몰린 다로는 다음 순간, 계단 위에서 총알처럼 날아와 내 가슴에 쿵 하고 부딪혔다가 벽에 부딪히고 계단을 굴러 떨어지듯 다다다다! 달려 내려갔다.

2층 청소도 끝내고 다이슨을 창고에 넣고 문을 탁 닫은 다음 다로를 불렀다.

"다로짱, 끝났어!"

다로는 1층 툇마루 구석에서 커튼 자락에 머리만 집어넣고 벌벌 떨고 있었다.

그 뒤로 다이슨은 다로의 천적이 됐다.

청소기가 있는 창고의 여닫이문이 탁 열리는 소리만 나도, 돌아보면 이미 다로가 없다. "위이잉!" 소리가 나는 동안에는 모습을 볼 수 없지만, 소리가 멈추고 창고 문이 탁 닫히는 소리가 나면 어딘가에서 나온다.

"이렇게 겁이 많아서 앞으로 어떻게 살아갈꼬."

엄마는 다로의 장래를 걱정한다. 그러면 나는 이렇게 대답한다.

함께여서 다행이야

"괜찮아, 그래도. 밖에 나가 돈을 벌어 와야 하는 것도 아니고."

"그건 그렇지만, 이렇게 흠칫흠칫하는 건 역시 중요한 데를 떼버렸기 때문이 아닐까?"

"그건 관계없어. 다로는 어릴 때부터 이랬는걸. 타고난 성격이야."

"남자인데, 엄하게 단련시키는 편이 좋지 않을까?"

"안 돼. 이런 애를 섣불리 엄격하게 단련시키려고 하면 오히려 위축돼서 어떻게 될지 몰라. 게다가 바꾸려고 해도 바뀌지 않아. 이게 다로이니까."

"괜찮으려나~. 이대로 응석받이로 키워서."

"괜찮고말고. 아무리 응석을 받아준다고 해도 나중에 커서 대마초나 각성제는 하지 않을 테니까."

"……뭐, 그렇네. 대마초나 각성제는 안 하겠네."

5장

작은

창밖

미미의 탈주

미미는 육아 중에 한 번, 새끼 고양이를 물고 이웃한 사사키 씨 댁 창고 앞까지 간 적이 있다. 그때는 엄마가 쫓아가서 타일러 데리고 왔고 그 뒤로는 가출한 적이 없다. 하지만 새끼들이 차례차례 떠나가고 다로도 다 크고 나서는 이따금 세탁기 위에 오도카니 앉아 작은 창으로 밖을 바라보며 "먀아아아! 먀아아아!" 하고 운다.

그런 미미를 보고 엄마는 말했다.

"어쩐지 '밖에 나가고 싶어!' 하고 말하는 것 같아. 미미는 '바깥 사람'이었으니까. 밖에 부모 형제가 있나? 아니면 전에 낳은 아이라도 있을까?"

함께여서 다행이야

자원봉사를 하는 다카코 씨는 "교통사고나 감염의 위험이 있으니 밖에 내보내지 마세요" 하고 충고했다.

현관문을 여는데 바로 옆에 있던 미미가 하마터면 밖으로 나갈 뻔한 적이 있어서, 주의는 하고 있었다.

하지만 미미는 끝내 탈주했다. 늦가을 오후였다.

놀러 온 소꿉친구 나오미를 배웅할 때였다. 소춘*의 따뜻하고 화창한 날로, 현관문을 여니 새파랗고 높은 하늘이 펼쳐졌다. 나는 등 뒤로 문을 살짝 열어둔 채 나오미와 서서 이야기를 나누고 있었다. 그때 나오미가 갑자기 내 발치를 쳐다봤다.

"미미짱이 나왔어!"

"……앗!"

재빨리 몸을 숙여 잡으려 했지만, 미미는 내 손을 빠져나갔다. 슬로모션처럼 느껴졌다. 미미는 붉게 물든 단풍철쭉 가지를 뚫고 사사키 씨네로 뛰어 들어가 털머위 꽃 사이를 빠져나갔다. 사사키 씨네 현관 앞에 깔린 굵은 자갈을 박차고 곧장 달린다.

"가지 마!"

* 음력 10월

그 앞은 높은 콘크리트 돌담이 가로막고 있고, 그 너머에는 아파트가 두 동 서 있다.

미미는 돌담으로 훌쩍 뛰어 올라갔다가 그 너머로 가버렸다. 내가 담 너머로 가려면 대문을 나가 도로를 따라 가야만 한다.

"미미가 나가버렸어!"

달려서 돌아가 엄마에게 소리쳐 알리고, 나는 대문 밖으로 뛰쳐나갔다. 하지만 아파트 주변은 울타리가 둘러쳐 있어 거주자만 들어갈 수 있다. 도로에서 부르는 것밖에 할 수 있는 게 없다. 두 동짜리 아파트 주변은 잡초로 뒤덮여 있었다. 은색으로 빛나는 억새 사이로 미미의 등이 얼핏 보인다.

"미미! 미미짱!"

미미는 돌아보지 않았다. 주의 깊게 허리를 낮추고, 꼬리를 낮게 흔들며 성큼성큼 풀을 헤치고 나아간다. 거실에서 배를 드러내고 뒹굴뒹굴 몸을 비틀며 애교를 부리는 미미와는 전혀 다른 야생의 모습이었다…….

"미미, 돌아와!"

얼마간은 등이 보였지만, 이윽고 모습이 완전히 사라졌다.

집으로 돌아와 엄마에게 놓쳤다고 말했다.

"역시, 밖에 나가고 싶었구나……."

엄마는 이런 날이 올 줄 알았던 것처럼 말하고 한숨을 쉬었다. 나는 부주의하게 현관문을 열어둔 것을 후회하고 또 후회했다. 하지만 그러면서도 이쪽을 돌아보지도 않고 수풀을 헤치고 가버린 미미의, 그 허리를 낮춘 뒷모습이 뇌리에서 떠나지 않았다. 집고양이로 살면 굶을 일도 없고, 마음 놓고 지낼 수 있다. 그런데도 미미는 집을 나갔다……. 외부의 위험으로부터 지켜주고, 행복하게 지내게 해줬다고 생각했는데, 이것도 인간의 일방적인 착각이었을까…….

다로가 방충망 앞을 정신없이 오갔다. 바깥세상을 전혀 모르는 다로는 밖에 나가려고 하지 않는다. 전에 툇마루 쪽 방충망이 빠져서 탕! 소리를 내며 바깥쪽으로 쓰러진 적이 있다. 그런데 다로는 툇마루에서 밖으로 뛰쳐나가기는커녕 그 자리에서 얼어붙어버렸다.

미미가 없어져서 불안할 테지. 이리 갔다 저리 갔다 하면서 이상한 소리로 울었다.

미미가 내 손을 빠져나간 순간의 어이없던 감각이 거듭 생각났다. 인생은 언제나 그랬다. 일인이역을 하는 배우처럼 순식간에 상황이 싹 바뀌어버린다. 이 사실을 다시 한 번 절절하게 깨닫는다.

그러고 보니 몇 년쯤 전에 집 근처에 경찰차가 온 적이 있다. 누가 길고양이를 죽인 모양이라는 소문을 들었다. 그런 불길한 기억이 떠올라 가슴이 울렁거렸다. 주차장이나 쓰레기장을 둘러보고, 아파트 앞에서 이름을 부르고, 길거리나 계단, 빈집 주변을 찾아다녔다. 이윽고 하늘이 타오르는 것처럼 물들었다. 차 밑을 들여다보고, 갓길에 핀 분꽃을 헤치면서 미미를 불렀다. 차츰 주변이 어둠으로 물들어 앞도 잘 보이지 않게 됐다.

비탈길을 돌아오는데, 우리 집 창에 불이 켜져 있다. 그 따뜻한 불빛이 오히려 서글프다. 모래주머니를 팽개치듯 거실에 털썩 주저앉았다.

엄마는 어깨를 축 떨어뜨리고 있었고, 얼굴도 열 살은 더 늙어 보였다.

"미미는 이제 안 돌아올 거야. 원래 '바깥 사람'이었고, 아이들도 다 컸으니까."

이렇게 당신 자신에게 말하듯 중얼거리며, 항상 두 개씩 준비하는 법랑 그릇에 다로 몫의 사료만 부어 줬다. 하지만 다로도 오늘은 식욕이 없었다.

저녁 뉴스가 시작됐다. 이 시각, 내가 여기 앉으면 항상 미미가 쿵 이마를 들이밀고는 머리를 바닥에 대고 벌렁 드러누웠다. ……그것은 사람과 함께 살기 위한 거짓 행동이고 밖에서 살아가는 것이 고양이의 본모습이었다고 해도, 이 세상의 현실은 역시 잔혹하다. 미미가 상처를 입고 어딘가의 풀숲에서 고통스러워하고 있다고 해도 나에게는 찾아낼 재주가 없다. 작은 이마를 꾸욱 부딪혀오던 그 아이를 지켜주고 싶다. 미미는 지금쯤 어디를 걷고 있을까…….

우울하고 공허한 심정으로 어두운 마당을 바라봤다.

"……."

그때 컴컴한 유리창 너머에서 흰색 그림자가 슥 지나간 듯했다. 툇마루로 뛰어가 마당에 불을 켜고 "미미?" 하고 불렀지만, 마당에 심은 조릿대가 쏴아쏴아 바람에 흔들릴 뿐이었다.

착각이었다…….

거실로 돌아와 조금 있으니 또 마당을 흰 그림자가 가로질렀다. 허겁지겁 창문을 열었다. 마당 구석에 미미가 오도카니 앉아 있었다.

돌아왔다! 미미가 집으로 돌아왔다! 단숨에 기쁨이 솟구쳤다.

"이리 와! 자, 들어와!"

그런데 내가 마당으로 내려가 안아 올리려 하자 미미는 슬쩍 몸을 피해 다시 사사키 씨네로 달려갔다. 멀리는 가지 않고 슬쩍 보이는 데 있다가 다시 우리 집 마당으로 돌아오지만, 부르면 도망친다……. 대체 어쩔 셈인지 마당 한가운데서 이쪽을 등지고 다소곳이 앉았다. 그 자리에서는 거리 풍경이 내다보인다. 미미는 등 뒤로 절절하게 야경을 바라보는 듯한 분위기를 풍기며, "이리 오렴" 하고 불러도 결코 뒤돌지 않는다.

"왜 그러는 걸까? 돌아왔는데 불러도 들어오지 않아."

"부르니까 오히려 들어오기 어려운 건지도 몰라."

나와 엄마는 거실로 물러나 "아이고, 우리 귀여운 다로짱", "다로짱, 착하지" 이렇게 둘이서 쓸데없이 큰 소리로 다로를 얼렀다.

툇마루 커튼 뒤에서 마당을 살펴보니, 미미는 아직도 마당 한가운데 앉아 있다. 하지만 자신을 왜 안 부르나 궁금한지 어깨 너머로 흘깃흘깃 집 쪽을 돌아본다. 하지만 부르면 역시 도망간다. 어쩔 수 없이 잠시 내버려두기로 했다.

……밤이 오고 차츰 기온도 떨어질 즈음, 바닥까지 크게 낸 창을 열어봤다. 미미가 보이지 않는다. 어둠을 향해 작

게 불렀다.

"미미, 거기 있어?"

창 바로 옆에서 "햐앙" 하고 안쓰러운 목소리가 들렸다. 나는 창을 닫지 않고 거실로 돌아갔다.

얼마 지나지 않아 툇마루에서 톡 하는 소리가 들리고 커튼이 흔들렸다.

"왔다, 왔어……."

엄마와 둘이 모르는 척을 하고 있으니, 차가운 밤공기와 함께 살짝 흙색으로 더러워진 미미가 어슬렁어슬렁 거실로 들어왔다. 또 놓칠쏘냐, 나는 서둘러 툇마루 창을 닫고 잠갔다.

"미미, 어서 와!"

그 순간, 거실에 불이 켜졌다.

미미와 함께 일상이 돌아왔다. 돌아왔다고 해서 특별할 것 없는, 평범한 일상이다. 하지만 자신이 얼마나 평온한 삶 위에 무심히 앉아 있었는지는 언제나 그것을 잃었을 때 깨닫는다.

미미는 바깥세상의 냄새를 잔뜩 묻히고 돌아온 모양이다. 다로가 "하악!" 하고 온몸의 털을 곤두세웠다.

"다로, 여기저기 밖을 싸돌아다니고, 너네 엄마는 불량 엄마인가 봐."

엄마는 이렇게 말하고 신이 나서 웃었다.

그 뒤로도 미미는 우리가 방심한 틈을 노려 몇 번 더 가출했다. 밖에서 살던 고양이는 역시 바람 냄새나 흙의 감촉을 느껴야만 숨통이 트이는지도 모르겠다……. 미미가 탈주할 때마다 엄마와 나는 '이번에는 안 돌아올지도 몰라' 하고 생각했다.

여러 고양이와 가깝게 지내온 구라 씨는 '히피 도라 씨'* 처럼 훌쩍 여행을 떠났다가 항상 돌아오던 어떤 길고양이가 어느 때를 기점으로 영영 돌아오지 않았다고 말했다.

"분명히 더 좋은 데로 갔을 거야. 어딘가에서 잘 살고 있겠지."

구라 씨는 어디로 갔을까 걱정하면서도, 이렇게 생각하기로 했다고 말했다. 고양이는 이런 식으로 자신을 잊지 못하게 만들고 모습을 감추는 듯하다.

미미가 가출할 때마다 '이번이 그때는 아닐까?' 하고 살짝 각오했다. 그런 우리 걱정은 상관 않고 미미는 몇 시간

* 일본 국민 영화 시리즈 〈남자는 괴로워〉의 주인공. 매번 여행을 떠난다.

함께여서 다행이야

정도 있으면 마당으로 돌아왔지만, 항상 순순히 집에 들어오지는 않았다. 변죽을 울리듯 눈앞을 서성거린다. 문턱에 앞다리를 걸쳐서, 드디어 들어오나 보다 하고 기뻐하면 갑자기 마음이 변한 듯 마당으로 돌아간다. 그리고 뒹굴뒹굴한다. 다카코 씨에게 "땅에 있는 세균에 감염되는 병이 있어요"라고 들었는데, 우리 눈앞에서 이것 보란 듯이 등에 흙칠을 한다.

그날도 겨우 저녁에 돌아왔으면서도 있는 대로 기대하게 만들고는 집에 들어오지 않았다. 그러다가 내 눈을 보면서 드러누워 흙을 묻혔다. 갑자기 미미가 얄미워졌다.

"됐어. 이제 안 돌아와도 돼!"

한순간, 진심으로 그렇게 생각했다. 창문을 탁 닫고 커튼까지 쳤다.

석간신문을 가지러 가려고 현관을 나서니, 마당에서 허겁지겁 달려온 모양이다. 미미는 이미 콘크리트 계단 옆에 오도카니 앉아 있었다. 내가 바로 말을 걸 줄 알겠지.

너무 우습게 보지 말라고…….

나는 대문 옆 우편함에서 석간을 꺼내 옆구리에 끼고 옹벽 계단을 내려와 미미의 코앞을 지나쳐 현관으로 들어와 문을 소리 내어 닫았다.

문을 닫기 직전, 어쩔 줄 몰라 하며 내 쪽을 올려다보는 미미의 얼굴이 얼핏 보였다.

뼈저리게 깨닫게 해줬다며 속시원해하는 동시에 슬퍼졌다.

집 없는 고양이를 내쫓다니, 너무 심했다…….

"햐앙, 햐앙……."

밖에서 미미가 울면서 현관문 밑을 박박 긁었다. 자초지종을 지켜보던 다로도 현관 시멘트 바닥으로 뛰어내려 냐아냐아 울부짖으며 안에서 문을 긁었다. 안팎에서 모자가 서로를 부른다.

현관문을 살짝 열어주자 미미는 풀이 죽어 꼬리를 축 늘어뜨리고, 살금살금 들어왔다. 그날 밤, 미미는 나와 엄마의 눈을 쳐다보지 못했다.

깊은 밤, 내가 혼자 욕실에 있는데 장딴지에 부드러운 뭔가가 스쳤다. 미미는 아무 말 없이 몇 번이고, 몇 번이고 내 다리에 몸을 비볐다. 무심코 쭈그리고 앉아 목을 긁어줬다.

"미미, 아까는 미안해……."

미미는 욕실 바닥에 벌렁 드러누워, 내 손길을 받으며 허공을 지그시 바라봤다.

그 뒤에도 미미는 매일 아침, 세탁기 앞에서 작은 창을 올려다보며 울었다. 창을 열어주면 세탁기 뚜껑 위로 훌쩍 뛰어올라 밖을 내다본다. 그 자리에서는 사사키 씨 댁 현관 부근, 그리고 콘크리트 돌담 너머로 두 동짜리 아파트의 옥상이 보인다.

　아파트 앞 주차장과 쓰레기장은 길고양이의 집합소였다. 미미는 가출하면 항상 사사키 씨 댁 마당을 가로질러 돌담을 뛰어넘어 아파트 부지 풀숲으로 들어간다. 아마도 그 부근에서 살았던 모양이다.

　어느 날, 비탈길을 걷는데 어디선가 "냐아아오!" 하고 탁

한 목소리가 들렸다. 주위를 둘러보니, 아파트 주차장에서 식빵을 굽던 길고양이가 뻔뻔한 얼굴로 이쪽을 올려다보며 또 "냐아아오" 하고 말했다. 길고양이가 불러 세운 건 처음이었다. 새까만 색과 새하얀 색의 투톤 컬러. 유달리 선명한 그 흑백의 대조를 보니 누군가 떠올랐다.

'아, 구로를 닮았다!'

이 부근에서 흑백 대조가 이렇게 선명한 길고양이를 또 본 적이 없으니, 아마 틀림없을 것이다…….

그때부터 우리 집 주변에 있는 '아빠'인 듯한 고양이들의 모습을 알아채기 시작했다.

비탈길 위 빈집에서 꿈지럭꿈지럭 커다란 길고양이가 걸어 나왔다. 피부병에 걸려 양처럼 고불고불한 털을 등에 지고 있다. 젖소 같은 흑백 무늬에다 얼굴에 반점이 있다.

"앗, 네가!"

나는 무심코 웃음을 터뜨리고 말았다. 시즈짱, 나나와 꼭 빼닮았다.

자원봉사자들이 동네 길고양이를 일제히 포획해 보호하고 있다는 이야기를 들은 것은 그로부터 얼마 뒤였다. 길고양이가 보이지 않았다. 아파트 주차장에 있던 흑백 고양이도, 얼굴에 반점이 있는 젖소 고양이도 자취를 감췄다.

　어느 날, 이발소 스가 씨를 길거리에서 딱 마주쳤다.

　"다들 구조했는데, 한 마리만 도저히 못 잡겠더라고요. 덩치 큰 갈색 고등어 수컷."

　이야기를 듣자마자 누군지 알았다. 우리 집에서 '다로 아빠'라는 별칭으로 부르는 길고양이였다. 그 갈색 고등어는 얼굴도 몸도 행동도 큰 고참 죄수 같은 풍모로, 이따금 우리 주차장에서 태평하게 잠을 잤다.

　"쟤가 다로 아빠인가 봐."

　사치코도 그 고양이를 보고 웃으며 이렇게 말했었다.

　"그 수컷만 절대로 안 잡힌다니까요. 엄청나게 머리가 좋아서 뛰어넘어서 도망가요."

　스가 씨가 말했다.

　그런 어느 밤, 엄마 옆에 앉아 있던 다로가 갑자기 레이더로 뭔가를 포착한 것처럼 귀를 쫑긋쫑긋 움직이기 시작했다. 미미도 밖의 기척에 귀를 기울이고 있다.

　"······."

　나와 엄마에게는 아무 소리도 들리지 않는다. 미미와 다로는 허리를 낮추고, 마당을 마주한 툇마루의 방충망으로 다가갔다. 둘 다 꼬리 털이 곤두서서 평소보다 세 배는 굵어져 있다. 살펴보니, 놀랍게도 방충망 바로 너머에 얼굴이 미미 세 배는 되는 고양이가 코를 딱 붙이고 있었다.

마당을 길고양이가 가로질러 가면, 미미는 항상 방충망에 달려들어 "하악!" 하고 무시무시한 기세로 위협한다. 그런데 그날 밤, 미미와 다로는 꼬리를 부풀리면서도 방충망 너머의 '아빠'를 잠자코 보고 있었다. '아빠'도 방충망 너머로 집 안의 다로를 보고 있었지만, 나를 알아채고는 휙 뒤돌아서 마당 너머 비탈로 버스럭버스럭 내려갔다.

'아빠'는 그 뒤로 한 번 더 마당을 찾아와서 미미와 다로를 보고 갔지만, 최근에는 모습을 보이지 않았다. 아직 자원봉사자에게 구조되지는 않았다고 들었다.

미미가 또 집을 나갔다. 사사키 씨 댁 단풍철쭉 가지를 빠져나가 굵은 자갈길을 달려 돌담으로 뛰어올라 아파트 쪽으로 내려갔다. 이번에는 웬일로 삼십 분 정도 만에 돌아왔다.

"친구들을 만나러 갔는데 아무도 없었지? 저기에는 이제 아무도 없어."

엄마가 돌아온 미미에게 말해줬다.

그래도 미미는 세탁기 뚜껑 위에 웅크리고 앉아, 작은 창을 통해 아파트 쪽을 바라보고 있다.

달라진 엄마

언젠가부터 미미는 내 방 미닫이문을 손으로 열 수 있게 됐다. 아주 작은 문틈으로 손톱을 걸어 열고, "향" 하고 한 마디 하고는 거리낌 없이 들어온다.

하지만 우리 집에는 천연목으로 만든 무거운 미닫이문이나 여닫이문도 있어서, 그건 미미도 다로도 열지 못한다. 때문에 욕실, 거실, 부엌 문을 항상 살짝 열어둬서, 겨울에는 복도의 찬바람이 방으로 들어온다…….

그 겨울, 우리 집은 내진 보강 공사를 하는 김에 시공회사 사람에게 부탁해 화장실과 거실 문에 '고양이 문'을 만들었다. 문 아래쪽에 단행본 정도 크기의 구멍을 뚫고, 거기에 사각형 판자 한 장을 경첩으로 달았다. 고양이가 머리로 밀면 판자가 안쪽으로 열리고, 구멍을 빠져나오면 탕닫힌다. 미미도 다로도 꼬리가 길어서 몸이 문을 빠져나온 뒤 판자 틈에 긴 꼬리가 서운한 듯 쭈르르 빠지고, 서부극 술집 문처럼 판자가 대롱대롱 움직인다.

시공회사의 나가시마 씨는 동물을 좋아하는데, 그때는 햄스터와 붉은귀거북을 키우고 있었다. 남자를 무서워해서 항상 슥 모습을 감추는 다로가 신기하게도 나가시마 씨 곁을 떠나지 않았다. 나가시마 씨가 벗어놓은 양복 옆에서 몸을 동그랗게 말고 잠들었다가, 쓰다듬어주면 졸린 눈을 살짝 떴다가 다시 잠들었다…….

"붉은귀거북도 사람 마음을 정확하게 읽어요. 탁탁 바닥을 두드려서 사람을 부르고, 같이 탕에 들어가 씻겨주면 첨벙첨벙 기뻐합니다. 오랫동안 함께 지내서 붉은귀거북의 희노애락이 느껴져요."

나가시마 씨가 웃으며 말했다.

그런 이야기를 들은 어느 밤, 나는 평소처럼 대문을 잠그러 갔다가 미닫이문 앞에서 홱 물러섰다. 발치에 다갈색 두꺼비가 있었다.

나는 어릴 때부터 두꺼비가 싫었다. 공교롭게도 우리 집 주변은 두꺼비가 살기 좋은 환경인 모양으로 비가 갠 뒤에는 여기저기서 어슬렁어슬렁 기어 나온다. 특히 대문이나 현관 주위, 옹벽 콘크리트 계단 부근은 다발 지역이었다.

나는 계단에서 두꺼비와 딱 마주쳐서 뒷걸음으로 계단을 뛰어내리다가 다칠 뻔하기도 하고, 마당에 벗어두고 치우지 않은 슬리퍼에 두꺼비가 들어 있는 줄 모르고 신기도 했다. 도저히 발끝이 슬리퍼 안쪽까지 들어가지 않는다. 뭐가 든 거지? 이상하게 여기며 슬리퍼를 벗었더니, 안에서 두꺼비가 허둥지둥 나왔다. 하마터면 기절할 뻔했다. 최근에는 예전만큼 많이 보이지는 않지만, 그래도 한 해에 두세 번 이렇게 대문 부근에서 맞닥뜨린다.

철렁했다. 그런데 다시 자세히 보니, 그 두꺼비는 자세가 이상했다.

우리 집 대문은 전통식 미닫이로, 동살이 일정한 간격으로 가로질러져 있다. 두꺼비는 팔과 팔을 교차한 채 뒷다리로 서서, 대문 제일 아래 동살에 기대어 있었다. 어쩐지 문밖을 바라보며 생각에 잠긴 것처럼 보였다.

"어머, 미미짱은 작은 창으로 밖을 내다보며 항상 여러 가지 생각을 하는걸. 붉은귀거북한테도 희노애락이 있다고 하고, 두꺼비라고 생각에 안 잠기겠니?"

내 이야기를 들은 엄마가 별일 아니란 듯이 말했다. 전에는 고양이와 대화를 나눈다는 레이코 이모를 "어떻게 진지한 얼굴로 그런 이상한 이야기를 할까?" 하고 기막혀했던 엄마가 '진화'했다.

"금붕어도 사람을 따른다고."

엄마는 현관 앞에 남색 무늬가 들어간 커다란 자기 화로를 놔두고, 그 안에서 금붕어를 키운다. 붉고 작은 '화금'이다.

"내가 현관을 나와서 화로를 들여다보면, 이쪽을 똑똑히 보고 있어. 수면으로 후드득 다가와 먹이를 달라고 소란을 피우지. 얼마나 귀여운지 몰라."

"……."

나는 앞을 지나가기만 하고 화로 안은 쳐다보지도 않았다…….

어느 날, 현관 앞에서 화로 속 금붕어에게 먹이를 주는 엄마를 봤다. 엄마가 현관을 나서자, 정말 화로 안이 첨벙첨벙 난리였다. 금붕어들이 수면에서 일제히 입을 내밀고 엄마가 먹이를 주기만 기다렸다.

나도 화로를 들여다봤다. 금붕어들은 일단 수면으로 입을 내밀었다가 스윽 물속으로 사라졌다.

놀랐다……. 금붕어가 누가 먹이를 주는지, 누가 예뻐해 주는지 분간한다. 금붕어들은 물속에서 이쪽을 똑똑히 관찰하고 있었다.

눈 내리는 날

2월 들어 진눈깨비가 내렸다.

난로를 피우고 있는 거실 창이 새하얗게 흐려졌다. 흐린 창을 손으로 닦자 차가운 물방울이 눈물처럼 줄줄 흘러내리고, 투명한 얼음 같은 유리창 너머에 셔벗처럼 쌓여 있는 흰 것이 보인다.

오늘 아침에도 미미는 세탁기 위에서 작은 창을 보고 "냐앙" 하고 울었다.

"안 돼. 오늘은 눈이 내리니까."

몇 번 말해도 울며 재촉해서 할 수 없이 열어줬더니, 엄청난 추위에 놀란 모양이었다. 미미는 금세 거실로 돌아와

난로 앞에 웅크리고 앉았다.

고양이는 정말 추위에 약하다.

스웨터를 뜨는 엄마의 무릎담요 자락이 불룩했다. 엄마
가 대바늘 쥔 손을 멈추고 살며시 담요를 젖히자, 다로가
그 밑에서 자고 있다.

"다행이야. 미미도 다로도 따뜻한 집에서 지낼 수 있어
서."

엄마가 나직하게 중얼거렸다.

"응⋯⋯."

나는 진눈깨비로 하얘진 창밖으로 시선을 돌렸다.

바로 며칠 전, 근처 전신주에 또 '집 나간 고양이' 전단지
가 새로 붙었다.

"영양실조와 추위로 모자 모두 위험한 상황입니다. 사람
눈을 피해 새끼 고양이를 낳아 키우고 있는지도 모릅니다.
엄마 고양이도 아직 생후 칠 개월밖에 안 됐습니다. 첫 출
산으로 생명이 위태로울 수도 있습니다. 육아 경험이 없어
새끼 고양이의 생명도 걱정스럽습니다. 어떤 정보라도 좋
습니다. 연락 부탁드립니다."

임신한 고양이가 실종된 것이었다.

태어난 새끼 고양이는 살아 있을까?

전단지의 고양이뿐이 아니다. 육교 밑에서 검은 고양이를 봤다. 고등학교 옆 콘크리트 돌담 위에는 삼색 외눈 고양이가 있었다. 역 너머에서 새끼 고양이가 음식 쓰레기를 뒤지고 있었다…….

미미네와 함께 살면서부터 기온이 뚝 떨어지는 한밤중 같은 때, 그런 고양이들이 마음에 걸리기 시작했다. 이렇게 추위에 약한 생명체가 살을 에는 차가운 겨울에 어떻게 살고 있을까?

난방이 되는 집에 살며 식사나 컨디션을 신경 써주는 사람이 있는 고양이들은 이십 년을 사는 경우도 드물지 않지만, 길고양이의 평균 수명은 겨우 삼 년이라고 한다. 영양실조와 병으로 고통받다 짧은 생애를 마친다. 고양이 사회의 무시무시한 격차가 그대로 수명의 격차로 이어진다.

미미는 이따금 이쪽을 지그시 응시할 때가 있다. 대체 언제부터 바라보고 있었나 싶어, 그 시선에 움찔한 적이 여러 번 있다. ……그런 미미의 눈을 보고 엄마가 어느 날, 살며시 말했다.

"'이 사람도 언젠가 우리를 버릴까?' 이런 생각을 하고 있는지도 몰라."

엄마는 때로 거침없이 정곡을 찌른다.

유기묘였을까? 길 잃은 고양이였을까? 미미는 바깥의 가혹함을 안다. 때문에 가끔 가출했다가도 역시 안전하고 밥이 있는 곳으로 돌아오는 것일 테다. 특히 이런 극한의 계절에는 난로 앞에 엎드려, 이 집에 오길 잘했다고 생각할지도 모른다.

그런 때 불현듯 이 사람들도 언젠가 우리를 버릴까 하고 불안해져, 사람 마음속을 꿰뚫어 보는 듯한 눈으로 쳐다보는 것일지도.

오늘도 밖에서는 연약하고 작은 생명 위를 가혹한 계절이 지나간다.

그 모든 길고양이를 구조할 수는 없겠지만, 적어도 가족이 된 고양이가 마음 푹 놓을 수 있게 해주고 싶다.

"미미, 괜찮아. 절대로 너랑 다로를 버리지 않아."

폭신폭신한 털을 쓰다듬자, 미미는 벌렁 드러누웠다.

행복이 있는 곳

거실에서 텔레비전을 보는데, 좌탁 밑에서 따뜻한 것이 내 다리에 기댔다……. 보지 않아도 누군지 다 안다. 미미는 앙고라토끼 같은 털이 빽빽하게 나 있어 뭉실뭉실하고 부드럽다. 다로는 스포츠머리 같은 단모로, 젊은 근육에 탄력이 있다.

"다로짱……."

대답하지 않는 소년의 견갑골이 자잘하게 부지런히 움직이고 있다. 그 아이는 지금 벽 대신 내 다리에 기대 일심불란하게 배의 털을 핥고 있는 것이다. 그 작은 등에서 소년의 체온이 천천히 퍼져, 나는 간질간질한 기쁨에 입술을 깨물었다.

다로짱이 기대준다면 나는 계속 벽으로 있고 싶다. 그러니 언제까지나 이대로 기대줘…….

기분이 너무 좋은 나머지 몸에 도저히 힘이 들어가지 않는다.

우리 집에는 이럴 때 옆에 있는 사람에게 부탁해도 된다는 규칙이 있다.

"미안하지만, 차 좀 끓여줄 수 있어요? 지금 움직일 수가 없어요."

엄마는 흘깃 좌탁 밑을 들여다보고 "네네, 알겠습니다" 하고 웃으며 차를 끓이러 간다.

그럴 때면 흔한 일상이 이루 말할 수 없을 만큼 호사스럽게 여겨진다.

어느 날, 취재 차 여행지에 왔는데 엄마가 전화를 했다.

"미미랑 다로는 어떻게 하고 있어?"

"오늘 아침에 말이야, 미미가 계단 밑에서 네 작업실을 올려다봤다가 내 발치로 오더니 뭔가 호소하듯이 울지 뭐니. 네가 어젯밤에 돌아오지 않아서 걱정하는 것 같았어."

그 이야기를 듣자 불현듯 눈시울이 뜨거워졌다. 빨리 집에 돌아가고 싶어 애가 탔다. 역에 도착해, 집까지 달려갔다.

만남이란 뭘까? 우연히 우리 집 화단에서 출산한 길고
양이였다. 성가시게 됐다며, 빨리 다른 데로 가버렸으면
좋겠다고 빌기까지 했다. 그랬는데 그 길고양이가 지금 내
귀가를 기다리고 있고, 나는 그 고양이를 빨리 만나고 싶
어 달리고 있다.

현관문을 열자 벌써 미미가 복도를 곧장 달려 나와 있다.

"미미, 나 왔어."

"햐앙."

미미는 계속 내 다리에 몸을 비비다가 그 자리에 벌렁
드러누웠다. 나는 짐을 내팽개치고 미미 옆에 쭈그리고 앉
아 복슬복슬한 배를 쓰다듬었다.

"어서 와. 현관문 소리가 난다 싶으니까 자던 미미가 소
파에서 뛰어내려서 달려가더라."

엄마가 말했다.

무심코 가슴이 뜨거워진다. 털투성이가 되는 것도 상관
없이 새하얀 털에 얼굴을 파묻었다. 따끈따끈하고, 은은하
게 단내가 난다.

"미미짱, 미미짱."

그저 이름을 부르지 않을 수가 없다.

옆에서 나도 만져달라고 재촉하듯 "냐아" 하고 소리가 난다.

"다로짱, 그래그래."

그 매끄러운 등을 탐욕스럽게 어루만진다. "너무 귀여워서 어쩔 줄 모르겠어" 하고 입에서 말이 흘러나온다. 말해도, 말해도 부족하다.

솔직해지지 못했던 나는 어디 간 걸까? 정이 들까 무서워 이름에 마음을 담는 것조차 망설였던 나는 어디 간 걸까?

고양이의 인생은 우리를 빠르게 추월해간다. 그걸 알면서도 역시 사랑에 빠진다. 언젠가 이별하는 날이 찾아와 복받치는 눈물에 앞이 보이지 않게 되더라도, 메워지지 않는 마음의 구멍에 차가운 바람이 지나간다 하더라도…… 그래도 사랑하지 않을 수 없다.

언젠가 이 아이들을 생각하며, 나는 울 것이다. 가슴의 아픔은 사라지지 않을지도 모른다. 하지만 그 슬픔이 불행은 아니다. 내 팔을 들이밀던 미미 이마의 감촉, 언어가 없는 생명과 마음이 통하는 기쁨과 함께 영원히 영원히 사랑의 아픔은 남을 것이다.

벌렁 드러누웠다. 익숙한 우리 집 천장이 눈앞에 펼쳐

졌다.

큰 대 자로 누워 옆을 보니, 내 옆에서 미미와 다로도 함께 드러누워 있다.

그런 우리를 보고, 엄마가 소파에 앉아 싱글싱글 웃고 있었다. 아빠와 살았을 때 엄마가 짓던 포근한 미소다……

느닷없이 서글프고, 안타깝고, 울고 싶어졌다.

행복하다…….

6장

함께 있는

것만으로

혼자서 묵묵히

시간이 흘러 또다시 장마가 돌아왔다. 대문 옆 화단에 수국이 피자, 엄마와 나는 그날 일을 떠올렸다. 새끼들을 데려간 사람들과도 고양이 '친척' 같은 관계를 이어오고 있다. "오늘로 만 한 살이네요", "건강하게 잘 컸습니다"라는 메일과 사진을 보내준다.

가네다 씨가 첨부해준 사진을 열자, 곧게 정좌한 미미가 찍혀 있다. 고개를 갸웃했다. ……아, 그건 미미가 아니라 늠름하게 자란 지로(고토라)였다. 지로는 어릴 때부터 형제 중에서 가장 엄마를 닮았는데, 다 크니 미미와 분간이 안 됐다. 강렬한 아몬드형 눈에 왼쪽 팔에는 그 완장 같은 무

함께여서 다행이야

늬가 있다.

"우리 다로도 멋진 사내지만, 역시 지로는 늠름하네! 그
야말로 시라스 지로구나."

엄마가 만족해하며 기뻐했다.

지로 앞에는 나나(모나카)가 낭창낭창하게 길게 누워 있
다. 옹벽 위에서 마지막으로 주워 올렸을 때는 젖어서 축
늘어져 있었다. 작고, 애처로웠던 그 아이가 눈이 상냥한
예쁜 여자가 됐다. 눈처럼 흰 털이 풍성하고, 분명 만지면
미미처럼 부드러울 것이다. 나나의 핑크 코에 햄스터 같았
던 새끼 시절의 모습이 남아 있다. 우리 집으로 새끼들을
만나러 온 날, 나나에게 첫눈에 반해 "얘가 핑크 코를 나한
테 들이밀어"라고 말했던 딸은 "모나짱, 모나짱" 하고 부
르며 나나를 예뻐해준다고 한다. 나나도 그 딸을 정말 좋
아해서, 항상 옆에 붙어 있는단다.

"행복해 보이네."

"응, 잘됐어. 사랑받고 있으니까 이렇게 예쁘게 자란 거
야."

다른 집에서 자란 두 아이의 사진을 바라보니 가슴이 벅
찼다.

에비스의 사와코 씨도 선주묘인 케토 씨를 베고 자는 구

로(텐짱) 사진을 보내왔다. 입양 당시 육 킬로그램이었던 케토 씨와 서로 노려보던 새끼 고양이 구로는 사자 앞 토끼처럼 작아 보였는데, 지금은 몸집이 비슷비슷하다. 까맣던 털에 더더욱 윤기가 돌고, 푸른빛이 도는 회색 눈으로 사진 너머에서 이쪽을 물끄러미 바라보고 있다.

사와코 씨가 이런 말을 한 적이 있다. 어느 날, 텐짱을 쓰다듬으며 "이렇게 내가 매일 일할 수 있는 것도 텐짱이 있어준 덕분이야" 하고 말했더니, 옆에 있던 아들이 "엄마, 텐짱이 와줘서 다행이야" 하고 말했다고 한다.

"고양이가 없었다면 아들과 이런 대화를 나눌 수 없었을 거예요. 텐짱의 '텐'은 말괄량이에서 따왔는데, 이제 와서 보니 천사*의 '텐'이었어요."

입양 간 아이가 입양자 가족에게 웃음을 준다는 이야기를 듣고, 나도 엄마도 따뜻한 기운으로 가득 채워지는 듯했다.

'고양이 아줌마' 미도리 외숙모는 종종 놀러 와서 휴대전화로 찍은 시즈짱(뮤) 영상을 보여준다. 시즈짱은 체중 칠 킬로그램으로, 형제 중 가장 거구가 됐다.

* 일본어로 '텐시'

"키우는 사람을 닮아서 대사증후군이에요. 요전에 건강 진단을 받았는데 수의사가 주의를 줬어요. 무거워서 이제 안아 올릴 수도 없어요."

미도리 외숙모는 부끄러운 듯 웃었다.

어느 날, 거실에서 뭔가 딱딱한 것을 밟았다. 카펫에 길이 오육 밀리미터 정도의 이쑤시개 끝 같은 것이 떨어져 있었다. 주워서 보니 도자기처럼 딱딱하다.

'……이게 뭐지?'

상아색에 가느다랗고 끝이 뾰족하다……. 뭔지 모르는 채로 쓰레기통에 휙 던졌다. 딱! 소리가 났다.

며칠 뒤, 다다미에서 또다시 딱딱한 것을 밟았다. 지난번과 마찬가지로 이쑤시개 끝 같은 것이었다. 대체 뭘까 궁금해하면서도 다시 버렸다.

다음 날, 욕실 발 매트에도 같은 것이 떨어져 있었다.

"요즘 들어서 가끔씩 이런 게 떨어져 있어."

"아아, 고양이가 발톱을 갈다가 떨어져 나온 발톱이야."

내가 보여준 것을 보고 엄마가 말했다. 하지만 발톱을 갈면서 떨어져 나온 껍데기는 반투명에 부드럽다. 분명 다른 것이었다.

미미가 다가왔다. 쓰다듬으려고 손을 뻗었다가 덜컥했다. 미미 입에 피가 묻어 있었다.

"……앗."

그때 알았다. 상아색에 가늘고 뾰족한 것은 미미의 이빨이었다…….

애호협회에서 처음 건강진단을 받았을 때 수의사가 미미의 잇몸이 부었다고 말했었다. 밖에서 사는 고양이는 어쩔 수 없이 치주질환에 걸리기 쉽다고 한다. 그로부터 얼마 지나지 않아, 미미가 내쉬는 숨에서 냄새가 난다는 것을 깨달았다. 하지만 치주질환은 고치기 어렵다는 이야기를 들었다.

그러고 보니 최근 들어 미미가 갑자기 뒷다리로 일어서서 앞발로 입 주변을 마구 긁는 듯한 행동을 한 적이 있다. 왜 그런지 몰라 이상해했는데, 이빨이 빠지려고 하면서 흔들려 신경이 쓰였던 모양이다. 앞다리 발톱으로 제 입을 긁어 피가 난 것이었다.

꽤 오래전부터 미미의 이빨은 빠지고 있었던 것이다…….
그랬는데 나는 그게 이빨인 줄도 모르고 쓰레기통에 버리고 있었다.

이대로 계속 이빨이 빠지면 어떻게 되지?

"고양이 의치는 없을 테고, 이빨이 없으면 밥을 못 먹는 거 아냐?"

엄마가 걱정하며, 빠진 이빨을 들고 수의사에게 상담하러 갔다. 그런데 고양이 이빨은 사냥감의 숨통을 끊을 때 쓸 뿐 집고양이가 사료를 먹는 데는 전혀 지장이 없다고 한다.

그 뒤로도 이따금 바닥에 떨어진 이빨을 주웠다. 미미의 이빨은 거의 대부분이 빠져버렸다.

"미미짱은 몇 살 정도일까요?"

이 년째 건강진단을 받을 때 애호협회 수의사에게 물어 봤다. '바깥 사람'이었으니 물론 생년월일은 모르지만, 구라 씨는 처음 봤을 때 "엄마가 젊네" 하고 말했다. 미미는 털도 윤기가 돌아서 아주 젊어 보였고 몸도 작았기 때문에, 나는 미미에 대해 줄곧 십 대나 스무 살 안팎에 아이를 낳은 어린 엄마 이미지를 갖고 있었다.

그런데 수의사는 "그렇게 젊지는 않아요. 적어도 다섯 살은 됐어요" 하고 말했다.

"사람으로 치면 몇 살 정도인가요?"

"뭐, 마흔 정도일까요? 이빨도 빠졌고, 이것 보세요, 귀

부근에 흰 털이 보이죠?"

그 말을 듣고 귀 주변을 본다.

"이거, 새치예요."

"정말요?"

그로부터 이 년이 더 지났다. 미미는 지금 '적어도 일곱 살'. 이미 내 나이에 가깝다……

오랜만에 책장에 둔 액자를 집어 들었다. 한창 육아 중이던 미미의 가족사진이다. 사치코가 매일같이 드나들 때 사진을 찍어서 크게 확대해줬다.

겨우 눈을 뜬 새끼 고양이들이 옆으로 누운 미미의 품에서 나란히 젖을 먹고 있다. 얼룩이, 호랑이, 흑백…… 무늬가 다른 다섯 마리가 콩깍지에 든 콩처럼 줄줄이 늘어서 있다. 끝에서부터 지로, 구로, 나나, 시즈짱, 다로……. 다들 눈에 눈곱이 잔뜩 말라붙어 있다. 핑크 젖을 작은 손이 주무른다.

"이런 새끼 고양이가 다섯 마리나 집 안을 뛰어다녔네."

항상 발 디딜 데가 없을 정도로 새끼 고양이들이 흩어져 있었다. 무슨 생각을 했는지 갑자기 마구 달리고, 자세를 취하며 엉덩이를 실룩실룩 흔들고, 사냥감에게 달려드는 연습을 하고……, 이곳은 새끼 고양이들의 놀이터였다. 젖을 먹으면 소파나 좌식 의자 위에서 제각각 뒹굴고, 재미난 모습으로 잤다. 겨드랑이 밑이나 배를 간지럽혀도 귀찮은 듯 실눈을 뜰 뿐 꿈쩍도 하지 않는다. 그런 새끼 고양이를 보고 다 함께 웃었다. 앞으로 어떻게 될지 걱정뿐이었지만, 지금 생각해보면 꿈같은 나날이었다.

사진 속 미미는 길게 누워 새끼들에게 젖을 물리면서, 황홀한 눈으로 허공을 보고 있다. 그 미미의 빛나는 눈, 눈처럼 희고 윤기 나는 털…….

"아름다웠네. 이때랑 비교하면 역시 미미도 나이를 먹었네."

엄마가 싫은 소리를 한다.

"지금도 젊고 아름다워. ……그렇지, 미미짱."

벌렁 드러누운 미미를 쓰다듬으며 나는 속으로, 그러고 보니 요즘 들어 미미가 몸통에 탄력을 잃고 배가 처지기 시작하고, 허벅지를 약간 벌리고 어슬렁어슬렁 걷게 됐다고 생각했다. 미미도 '아줌마'가 된 것이다.

어느 날, 인터넷 동영상 사이트에서 고양이의 출산 장면을 봤다.

타월을 빈틈없이 깐 박스 안에 고양이 한 마리가 누워

있다. 진통이 오는지 불안한 기색으로 몇 번이고 몸을 뒤척인다. 부푼 배가 불룩불룩 움직인다. 하지만 좀처럼 새끼는 나오지 않는다……. 부모인지 형제인지, 다른 고양이 한 마리가 와서는 바짝 붙어서, 누운 고양이를 정성껏 핥아준다.

갑자기 고양이가 한 다리를 들고 자기 허벅지를 핥기 시작했다. 그러자 젖어서 빛나는 투명한 주머니에 싸인 뭔가가 고간에서 나왔다. 고양이는 한 다리를 든 채 일심불란하게 주머니를 계속 핥는다. 이윽고 핥아서 터진 주머니에서 젖은 채 바르르 떠는 작은 동물이 나와 뮤우, 뮤우 운다. 엄마 고양이는 그 작은 몸을 어루만지듯 바지런히 계속 핥는다. 이윽고 갓난아기의 몸이 완전히 깨끗해지자, 엄마 고양이는 다시 한 다리를 들었다. 또다시 젖은 주머니가 나온다. 엄마 고양이는 쉴 틈도 없이 이것을 계속 핥는다. 핥고 핥고, 둘째의 몸에서 양막을 깔끔하게 핥아내자, 또다시 한 다리를 든다……. 그렇게 해서 한 마리씩 전부 네 마리의 새끼 고양이를 낳았다.

그 영상을 보고 어쩐지 가슴이 벅차올랐다.

미미도 이렇게 해서 새끼들을 낳았구나…….

화단 수국 밑에 작은 몸을 누이고 진통을 맞이하고, 누구에게도 격려받지 못하고 혼자 낳아서는 묵묵히 양막을 핥아내고, 또 낳아서는 양막을 핥고…… 그래서 해서 다섯 자식을 낳았구나. 그리고 쉴 틈도 없이 생쥐 같은 새끼들을 물고, 빗속을 뚫고 한 마리 한 마리, 그 주차장 밑 틈으로 집어넣었구나…….

"어머니."

문득 학교에서 의미도 알지 못한 채 외운 시의 한 구절이 떠올랐다.

어머니.
덧없고 서러운 것이 내리네요.
수국 색 서러운 것이 내리네요.

〈유모차〉, 미요시 다쓰지

그날 밤, 언제나처럼 미미가 몸을 기대며 카펫에 벌렁 드러누웠다. 출산 장면을 본 탓인지, 어쩐지 오늘은 한층 미미가 사랑스럽다. 나는 희미하게 찐빵 냄새가 나는 포동포동한 흰 몸에 얼굴을 파묻고 속삭였다.

"미미짱, 고생했어."

세 번째 장마

세 번째 7월이 찾아왔다. 올해는 가물어 7월부터 혹서가 시작됐다.

"다로짱, 오늘로 세 살이네."

사람으로 치면 어언 서른 정도지만 다로는 피터팬이다. 영원히 소년인 채로, 여전히 택배가 오면 커튼 뒤에 숨어 떨고 있다.

그런데도 엄마는 이따금 "아아, 한 번이라도 좋으니까 다로짱에게 마음껏 사냥할 수 있게 해주고 싶었는데. 기껏 사나이로 태어났는데" 같은 소리를 한다.

매일 아침 5시, 다로가 창을 열어달라고 엄마를 깨운다.

엄마가 일어나 창을 삼십 센티미터 정도 열어주면, 다로와 미미가 방충망 앞에 나란히 앉아 옆집 사사키 씨 댁 겹벚꽃나무로 날아오는 새를 바라본다.

그럴 때 다로는 수염을 안테나처럼 앞쪽으로 펼치고 눈을 형형하게 빛내며, 아마도 평생 달려들 일 없는 바깥의 새를 노린다. 집밖에 모르는 다로는 밖에 나가려 하지 않고, 나가도 분명 누름돌처럼 웅크리고 있을 것이다. 그래도 새를 보면, 작은 싹 같은 하얀 이빨을 드러내고 턱을 잘게 떨며 "깍깍깍깍…… 깍깍깍깍" 하고 기계음 같은 소리를 낸다. 새소리를 흉내 내며 노는 줄 알았는데, 수렵 본능을 불러일으키는 소리라고 한다.

가네다 씨가 "세 살이 됐네요"라는 메일을 보냈다. 가네다 씨 집에서는 정월에 지로가 가출해서 며칠이나 돌아오지 않았다고 한다. 일주일이나 찾아다녔지만 결국 발견하지 못해 이제 틀렸나 하고 포기할 즈음 마당에 꾀죄죄한 모습으로 앉아 있었다고 한다. 아무래도 줄곧 가네다 씨 집 마루 밑에 잠복하고 있었던 모양이다.

'고양이 아줌마' 미도리 외숙모가 언제나처럼 사료를 들고 놀러 왔다. 셋이 점심을 먹으며 그 시절 추억 이야기를 나눴다.

"그해 여름도 참 더웠는데, 잘도 찾아와줬네."

"사실은 매일 오고 싶었는데……."

"외숙모, 앉았다가 일어섰다가 안절부절못하면서 몇 번이나 계단 밑 창고에 갔죠."

"그렇잖아, 그렇게 작은 애를 본 적이 없는걸……."

"맞아요. 내가 장갑 낀 손으로 잡았을 때 생쥐만 했어요. 다섯 마리 모두 잘도 살아 있었네요. 비가 내렸는데……."

그때 엄마가 갑자기 "사실은 그때…… 뭔가가 떠올랐어" 하고 말했다.

"그때라니?"

"왜 있잖니. 너랑 새끼 고양이를 옹벽 위에서 내렸을 때 말이야. 그때 옛날에 아빠가 해준 이야기가 떠올랐어."

가슴이 울렁거렸다…….

"어릴 때 비 오는 날에 새끼 고양이를 발견했대. 갓 태어나서 아직 눈도 못 뜬 새끼 고양이였대."

"……."

"키우면 안 되느냐고 할머니한테 부탁했는데, 크게 혼났대. 시간이 많이 지나서 거기 가봤더니."

"……."

"성냥개비 같은 새하얀 뼈가 여기저기 흩어져 있었다고……. 잊지를 못하겠다고 아빠가 그랬어."

심장 고동이 생생하게 느껴졌다.

"……"

비에 젖은 접사다리 계단에 발을 올렸을 때, 엄마와 내 안에서 똑같은 기억이 되살아난 것이다.

그날, 우리는 백목련 둥치에서 태어난 새끼 고양이를 데려왔다.

우리는 아빠의 기억 속 새끼 고양이를 데려온 걸까…….

네 마리의 시간

컴퓨터 앞에 앉아 원고를 치던 손을 멈추니, 벌써 날이 저물고 있었다. 한숨 돌리려 밑으로 내려갔는데 거실이 잠잠하다. 살며시 문을 밀어 열자, 좌탁 앞에서 엄마가 방석을 베고 자고 있었다.

머리맡에서는 다로가 엄마에게 엉덩이를 내밀고 모로 누워 자고 있다.

아기가 자면서도 어딘가 한 군데 부모에게 몸을 대고 있는 것처럼, 줄무늬 긴 꼬리를 엄마가 짠 스웨터의 어깨에 올려놓고 있다. 엄마 발치에서는 미미가 자고 있고, 미미의 꼬리도 엄마 양말에 닿아 있다. '다로-엄마-미미'가 꼬리로 이어져 있었다.

황혼으로 녹아들어가는 온화한 시간, 이 방에 떠도는 너무나 평온한 숨결…….

문간에 선 채 잠시 그 모습에 빠져들었다.

살다 보면 때때로 생각지도 못했던 일이 일어난다. '고양이는 요물'이라며 덮어놓고 싫어하던 엄마가 이렇게 고양이와 사이좋게 낮잠을 자는 날이 오다니…….

"앗, 깜짝 놀랐어! 잠자코 서 있어서 누군가 싶었네."

엄마가 벌떡 일어나며 눈을 박박 비볐다.

"아아, 이런이런. 또 세 마리 나란히 자버렸네."

다로와 미미를 보며 겸연쩍은 듯이 웃었다.

엄마가 일어나자, 다로와 미미도 차례차례 눈을 뜨더니 몸을 활처럼 구부리며 기지개를 켜고 활동을 재개했다.

시계를 보니 슬슬 5시. 미미와 다로의 저녁 식사 시간이다. 엄마는 부엌으로 가 평소처럼 법랑 그릇 두 개를 일부러 쨍그랑쨍그랑 부딪치며 저녁 준비를 시작했다. 순식간에 다로가 "냐아!" 하고 엄마 발치로 날아왔다.

나는 저녁때까지 조금 더 원고에 집중한다.

일과의 격투는 계속되고 있다. 슬럼프는 앞으로도 찾아올 것이다. 하지만 나는 어느새 고민을 살짝 옆으로 치워

두고 웃을 수 있게 됐다. 사랑스러운 존재와 함께 있는 것 만으로, 사람은 자연스럽게 미소를 짓는다. 그리고 내가 미소를 지으면 인생도 마주 웃어준다.

밥을 다 먹은 다로가 계단 밑에서 냐아, 냐아, 나를 부른 다. 미미와 다로의 식사가 끝나면, 6시부터는 나와 엄마 의 식사 시간이다. 역시 다로는 나를 부르는 것이 제 역할 이라고 생각하는 모양이다. 내가 좀처럼 내려가지 않으니 문간까지 부르러 와서 방을 들여다보며 냐아! 하고 재촉 한다.

"예예, 알았어요, 다로짱. 지금 갑니다."

내가 일어서자 다로는 나와 함께 다다다다! 계단을 뛰 어 내려간다.

좌탁에 밥과 반찬을 차리고 정해진 자리에 앉자 기다리 고 있었다는 듯 미미가 다가와 내 팔에 콩 머리를 들이댄다.

"아이고, 착하지, 미미짱."

미미는 바닥에 머리를 붙이고 벌렁 드러누워 내가 쓰다 듬기만 기다린다.

저녁이 차려진 거실의 불빛이, 항상 먹는 생선구이와 조 림이 차려진 밥상이 황금빛으로 빛나는 것 같다.

"먀앙."

미미의 재촉에 포동포동한 몸을 쓰다듬는다. 그러자 다로가 좌탁 밑으로 파고들어 내 다리에 몸을 기댄다. 그 따끈따끈한 온기……

미미와 다로와 엄마와 나.

이 네 마리가 함께 살아가는 사랑스러운 나날도 매 순간 흘러가 언젠가 전부 과거가 돼버릴 날이 올 것이다. 나는 그때 무슨 기억을 떠올릴까?

……한밤중 부엌에서 다로가 사료를 먹으며 내는 '까드득까드득' 소리. 툇마루 볕에서 뜨개질을 하는 엄마의 무릎담요 자락에 파고든, 봉긋한 다로의 형체. 잠든 다로의 목에 감긴 미미의 새하얀 앞다리. 그리고 잠든 내가 덮고 있는 깃털이불 위를 미미가 살며시 걸으며 내는 바스락바스락 소리……. 어떤 순간도 잊지 못한다.

미미, 다로. 우리 집에 와줘서 고마워.

행복은 지금 여기에

새끼 고양이가 태어나고 칠 년째 여름, 다마시 가네다 씨 댁을 찾았다. 지로와 나나를 만나는 것은 생후 두 달 때 헤어지고 나서 처음이다.

"고토라, 모나카, 이리와."

가네다 씨가 부른다.

거실을 유유히 걸어온 건 고양이라기보다 호랑이에 가까웠다.

"지로짱이에요."

사진으로는 몇 번 본 적 있지만, 실제로 만나고 그 덩치에 깜짝 놀랐다. 체중 칠 킬로그램. 지금 이름처럼 근육질에 야성적인 얼굴이다. 세 살 무렵 헤어진 귀여운 꼬마아이를 만나러 왔는데, 용맹한 거한이 나온 것 같아 놀랐다.

"지로짱, 나 기억나?"

대답은 없지만, 소파에 앉은 내 발치에서 열심히 바짓단 냄새를 맡는다. 그날 아침에도 미미가 그 바짓단에 몸을 비벼 냄새를 듬뿍 묻혀놨을 터였다. 지로는 엄마 고양이의 냄새를 기억할까……? 그런 생각을 한 순간, 갑자기 지로가 무릎으로 뛰어 올라왔다. 그 무게에 나도 모르게 "윽" 소리가 나왔는데, 그러고 보니 새끼 고양이 때도 이따금 무릎으로 뛰어 올라왔던 것이 생각났다.

나나는 지로에 비하면 새끼 고양이 같았지만, 그래도 체중 사 킬로그램이라고 하니 미미와 비슷하다. 앞가르마를 탄 듯한 무늬와 핑크 코는 그 시절 그대로였지만, 이제 허약한 느낌은 어디에도 없다. 몸집은 작지만 활발해서, 거실에 둔 캣타워에 기어 올라가 놀고 있다.

나나는 '모나짱'이라 불리며 가네다 씨 댁 딸의 사랑을 받고 있고, 지로도 가네다 씨의 어머니가 너무나 예뻐해준다고 한다.

"처음에는 모나카만 데려올 생각이었는데, 고토라도 같이 데려오길 정말 잘했어요."

이 말을 듣자, 두 마리가 느낄 행복에 가슴 한가운데가 확 따뜻해졌다.

에비스의 '텐짱' 구로는 우수한 사냥꾼이 돼 있었다. 사와코 씨 댁 베란다에 오는 사냥감을 노려, 무려 참새 네 마리, 호랑나비, 도마뱀붙이 등을 잡았다고 한다. 선주묘인 케토 씨도 열네 살이 됐다. 둘은 이따금 잡기 놀이를 하면서도 꽤 사이좋게 지낸다고 한다.

구로의 어리광은 여전해, 사와코 씨는 "텐짱은 새끼 고양이 같은 얼굴을 할 때랑 엄청난 미인의 얼굴을 할 때가 있어"라며 지금도 흠뻑 빠져 있다.

미도리 외숙모 집에서는 작년에 선주묘 '할아버지'가 스물한 살로 세상을 떠났다. '뮤' 시즈짱이 엄마, 형제와 헤어진 뒤로 줄곧 함께 잠을 자던 할아버지였다. 할아버지를 떠나보낸 뒤, 미도리 외숙모는 오랫동안 밖에서 밥을 줬던 할머니 길고양이를 집에 들여, 기저귀를 채우며 돌봐줬다. 그런데 그 할머니도 작년 7월 열여덟 살에 천국으로 여행을 떠났다. 그 뒤로 시즈짱은 갑자기 미도리 외숙모에게 어리광을 피우게 됐다고 한다.

"내가 노묘 간호에 온 신경을 써서, 뮤가 계속 참았던가 봐."

올해, 시즈짱은 체중 팔 킬로그램을 넘겼다. 더 이상 안을 수 없을 정도의 디럭스 사이즈여서, 미도리 외숙모는 지금 시즈짱의 다이어트를 결행하고 있다.

그리고 우리 집 미미와 다로는…….

엄마가 갑작스러운 고열로 구급차를 탄 것이 작년 8월이었다. 그날 바로 수술을 받고, 잠시 입원을 했다. 나는 미미와 다로를 느긋하게 쓰다듬을 새도 없이, 매일같이 집과 병원을 바쁘게 오갔다.

밤에 병원에서 돌아오면 집 안이 괴괴하다. 다른 때 같으면 문 열리는 소리만 듣고도 현관까지 마중 나와 발치에 맴돌던 미미가 어두운 거실 문간에 오도카니 서서 이쪽을 보고 있다. 엄마의 부재 때문에 이상한 점을 느꼈을 것이다.

언제나 밥 준비를 하면 법랑 그릇끼리 부딪히는 작은 소리에 날아와서 높은 목소리로 냐아냐아 울던 다로도 그저 잠자코 밥을 먹는다. 미미도 다로도 어쩐지 다른 집에서 빌려 온 고양이 같았다.

겨우 엄마가 퇴원해 평온을 되찾은 것은 9월도 절반이 지났을 때였다. 어느 날, 다로의 등을 쓰다듬는데 손바닥이 버석거렸다. 다로의 가는 등을 채운 털은 윤기가 돌고 항상 매끈매끈 부드러웠다……. 그 매끈매끈한 감촉이 버석버석하게 변해 있었다. 자세히 살펴보니 옆구리 털이 듬성듬성해져 맨살이 어렴풋이 보인다.

"다로짱……."

언제부터 이렇게 털이 빠졌을까? 무슨 병에 걸린 걸까? 왈칵 불안이 밀려왔다.

"스트레스를 받으면 그루밍을 과하게 하는 고양이가 있어. 고양이 혀는 꺼끌꺼끌해서, 그것 때문에 털이 끊어졌는지도 몰라."

사치코가 이렇게 가르쳐줬다. 그 말을 듣고 보니, 다로가 요즘 들어 항상 옆구리를 핥고 있었다. 그루밍하는 모습이 집요했다. 좌우 옆구리는 온통 맨살이 드러나 있지만, 등뼈를 중심으로 한 부분은 윤기 있는 털이 남아 있어 모히칸처럼 이발한 듯 보인다……. 아무리 그래도 거기까지는 닿지 않았을 것이다.

스트레스의 원인은 안다. 갑자기 엄마가 없어지고, 나도 들락날락 분주했다. 그러는 사이에 전부터 예정돼 있던 지붕 수리 공사가 있었다. 가족의 부재라는 이변 속에서 모르는 사람들이 지붕에 올라갔으니, 미미와 다로는 얼마나 불안했을까?

그래도 세상 경험이 많은 미미는 터프한 면이 있지만,

다로는 원체 섬세하다. 모히칸 이발을 한 것처럼 돼버린 다로의 모습을 보고 새삼 얼마나 스트레스를 받았는지 깨달았다.

온 가족이 함께하는 일상이 돌아왔지만, 다로의 털은 바로 돌아오지 않았다. 훤히 들여다보이는 맨살에 조금씩 천천히 줄무늬가 보이기 시작하고, 줄무늬와 줄무늬가 이어져 갈색 고등어 무늬가 되살아난 것은 반년 뒤. 모히칸 머리 같았던 등의 털이 다른 털들과 섞여 눈에 띄지 않게 되고, 매끄러운 감촉이 되살아나기까지는 일 년 가까이 걸렸다.

나도 지금까지 아픈 적 없었던 엄마의 갑작스러운 입원으로, 여든둘이라는 엄마의 나이를 실감하지 않을 수 없었다. 칠 년 전, 새끼 고양이를 발견했던 아침처럼 대문에서 단숨에 계단을 달려 내려오거나, 새끼 고양이를 물고 나가는 미미를 뒤쫓아 가서 혼내는 일은 지금의 엄마에게 불가능하다.

그런 엄마에게 다로가 달라붙었다. 매일 밤, 엄마가 잘 시간이 가까워지면 한발 먼저 침대에 뛰어올라 냐아! 냐아! 부르면서 엄마를 기다린다.

"그래그래, 다로짱, 지금 간다."

엄마가 겨우 침대에 몸을 누이면 다로는 베개 맡에 엎드려 귓전에 뭐라고 열심히 속삭인다.

"냐아, 냐아, 냐아."

"그래그래, 착하지."

"냐아, 냐아."

"알았다. 알았어. 다로짱은 정말 귀여워."

엄마와 다로가 침대에서 그렇게 주고받는 소리를 문 너머에서 듣고 있으면 마치 할머니와 손자 같다. 이윽고 엄마 목소리가 잠잠해지고 잠자는 숨소리로 바뀌면, 다로는 바로 침대에서 통 뛰어내려 거실로 돌아와서는 평소 제가 침대로 쓰는 소파 구석에서 몸을 동글게 말고 잔다.

"어쩐지 요즘 다로가 나를 재워주는 것 같은 기분이 들어."

엄마가 겸연쩍은 얼굴로 말했다.

미미도 변했다. 내 옆에서 뒹굴고, 독점적으로 흰 털을 쓰다듬게 해줬던 미미가 최근, 도중에 뭔가 생각난 것처럼 슥 일어나서는 엄마 곁으로 가서 벌렁 드러눕는다. 그대로 계속 엄마에게 쓰다듬어달라고 하려나 싶으면, 조금 있다가 일어나서 다시 내 옆에 벌렁 드러누워 잔다.

"공평하게 쓰다듬게 해주네."

"신경 써주는 건가 봐."

엄마와 나는 무심코 얼굴을 마주하며 쿡쿡 웃는다…….

함께여서 다행이야

그런 고양이와 우리 모녀의 나날을 엮은 《함께 있는 것만으로》가 《고양이와 함께 있는 것만으로》*라는 새로운 제목으로 신초문고에 포함되게 됐다.

스기하라 노부유키杉原信行 씨, 기타무라 아키코北村暁子 씨, 우리 아이를 다시 세상에 내보내주셔서 진심으로 감사합니다. 내가 고양이 책을 쓰다니, 인생을 살다 보면 예기치 못한 일이 생깁니다. 그러니 이것은 고양이 책입니다만, 고양이를 싫어하는 사람, 동물을 키운 적 없는 사람도 읽어주셨으면 좋겠습니다.

이 책이 서점에 진열되는 것은 겨울. 고양이와 함께 살면서, 나는 겨울이 정말 좋아졌다. 뼛속까지 추위가 스미는 날에는 미미가 내 무릎에 올라와 동면하는 여우처럼 몸을 동그랗게 말기 때문이다. 양팔로 껴안으면 미미는 더 동그래져 내 팔 안에 쏙 들어온다.

그런 때, 나는 생각한다.

행복은 저 멀리가 아니라, 지금 여기에 있다.

* 본서는 아스카신샤에서 《함께 있는 것만으로》로, 이후 신초샤에서 《고양이와 함께 있는 것만으로》로 출간됐다.

고양이가 함께 있어주지 않았더라면

모리시타 노리코는 영화 〈일일시호일〉의 원작《매일매일 좋은 날》과 그 뒷이야기 격인《계절에 따라 산다》라는 에세이로 우리나라에 이름을 알린 작가이다. 앞서 소개된 두 작품이 다도의 즐거움을 그렸다면, 이 책《함께여서 다행이야》는 폭우가 쏟아지는 어느 날, 작가와 노모가 고양이 가족에게 원치 않는 '간택'을 받으면서 벌어지는 사건을 그린 동물 에세이다.

번역 의뢰를 받았을 때, 나는 가족을 잃고 후회와 상실감 가득한 나날을 보내고 있었다. 그래서 '귀여운 고양이

이야기가 끝도 없이 나오는 에세이나 번역하며 울적한 마음을 달래보자' 싶었다. 하지만 프롤로그에서부터 내 짐작은 빗나갔다(물론 귀여운 고양이 이야기도 잔뜩 나옵니다!). 작가가 풀어놓는 '타계하신 아버지와 나무와 반려견들과의 추억 이야기'에 끊임없이 훌쩍거리면서도 키보드 두드리는 손을 멈추지 못하는 내 곁에 함께 있어준 것은 다름 아닌 나의 고양이, 나의 가족 '티거'였다.

사실 나는 티거를 만나기 전까지 동물을 좋아하지 않았다. 정확하게 말하자면 기겁했다. 친구 민이 갑작스럽게 세상을 떠나지 않았다면, 길냥이 마블이가 새끼 네 마리를 낳아 북적거리는 선배네 공방에 들락거리지 않았을 것이다. 갓 꼬물이 네 마리를 낳은 엄마냥과 거리 생활에 잔뼈가 굵은 듯한 디어가 공방에 상주하고 있었다. 성묘는 무시무시했지만, 꼬물이들을 보고 있자면 친구를 잃은 쓸쓸한 마음이 조금은 가라앉는 듯했다.

그러던 어느 날이었다. 선배가 "산모 먹으라고 미역국을 끓여줬더니, 애먼 디어만 신나게 먹는다"고 했다. 그러면서도 숨 쉬는 모양이 영 어색한 게 아무래도 교통사고를 당했거나, 누군가에게 해코지를 당한 적이 있는 것 같다고 걱정했다.

선배가 벼르고 별러 야생성 강한 길고양이 디어를 동물병원에 데려가려던 그 밤, 디어는 공방 구석에서 새끼를 낳았다. 너무 말라 임신했으리라고는 아무도 짐작하지 못했다. 아픈 몸으로 조금이라도 튼튼한 아기를 낳으려고 마블이의 미역국을 그렇게 먹었나 싶었다. 그리고 디어의 바람대로 티거는 정말 건강하게 태어나줬다.

디어가 어렵게 지킨 생명을 모르는 집으로 보낼 수 없었다. 민이 내게 착한 일을 할 기회를 준 것 같았다. 그렇게 도와준다는 마음으로 데려온 디어의 아이 티거에게서 나는 도리어 참 많은 것을 받았다.

번역하는 내내 모성애 강한 미미에게서 디어를 느꼈다. 낯선 사람이 오면 커튼 뒤에 숨어 벌벌 떤다는 다로 이야기를 읽고는, 작은 소리에도 공중 부양을 하는 티거를 바라봤다. 나처럼 반려묘가 있는(있었던) 사람이라면 자신의 고양이를 생각하며 더욱 재미있게 이 책을 읽을 수 있지 않을까 싶다.

작가 모리시타 노리코 역시 갑자기 자기 집에 뚝 떨어진 고양이 가족 덕분에 새로운 인연을 맺고, 새로운 세상을 만났다. 안쓰럽지만 이대로 받아들이기도 어려운 고양이 가족을 두고 애를 끊이는 작가와 노모를 중심으로 사람들이 모여든 것이다. 친척부터 시작해 동네 사람들, 오랜 친구들, 동료, 그리고 새끼 고양이들을 입양해준 가족들까지, 세상에는 이렇게나 고양이를 염려하고, 사랑하는 사람이 많았다는 것을 작가는 새삼 깨달았다.

아울러 길고양이였던 미미와의 정이 깊어질수록 작가는 길고양이의 집은 어디인지, 비는 피할 수 있는지, 살을 에는 한겨울에는 추위에 약한 고양이들이 어떻게 지낼지, 도시에 사는 길고양이의 삶에 관심을 가지기 시작한다. 모두 미미 가족의 친구인 것이다.

본문에 따르면, 돌봐주는 사람이 있는 집고양이는 이십 년까지도 산다지만, 길고양이는 삼 년도 채 살아남기 힘들다고 한다. 영양실조와 병으로 짧은 생을 마감한다는 것이다. 한국도 크게 다르지 않을 듯하다.

어디를 보더라도 사랑스러움이 샘솟는 고양이에게 해코지를 하는 못된 사람들 이야기를 요즘 참 많이 듣는다. 마냥 예쁜 줄로만 알고 덜컥 새끼 고양이를 데려왔다가 감당하지 못하고 몰래 유기하는 사람도 많은 모양이다.

고양이가 무한한 기쁨을 주는 것은 사실이지만, 이십사 시간 내내 사랑스럽게 나를 바라만 보는 것은 아니다. 마감이 급한데 놀아달라며 키보드 위에 버티고 앉아 있기도 하고, 새벽마다 깨워서 자기 밥 먹는 모습을 지켜봐달라고 하기도 하고, 방금 청소한 깨끗한 방바닥에 똥스키(!)를 타기도 한다. 그럼에도 전혀 알지 못했을 감정을 느끼게 해주기에, 고양이는 함께 있는 것만으로 순수한 행복과 기쁨 그 자체이다.

티거의 깊은 우주 같은 눈을 들여다보며 나는 있는 그대로의 순수한 나로 돌아간다. 온 몸과 마음으로 나를 믿고 기대오는 티거를 보면 나도 모르게 눈물이 핑 돈다. 고양이에게 이런 감정을 느끼는 것이 나뿐은 아닌 듯하다. 고양이에 무지한 작가가 길고양이 가족을 만나고, 고양이를 조금씩 알아가고, 함께 있는 것만으로 무한한 행복을 느끼게 되기까지의 과정을 읽는 동안, 나는 티거와의 만남부터 지금까지의 일들을 떠올리며 일일이 감동했다가, 눈물짓다가, 미소 지었다.

이 책을 읽는 사람 모두 고양이가 함께 있든, 그렇지 않든 고양이가 주는 무한한 행복 속에서 위로받기를. 고양이의 매력에 흠뻑 빠져 무심코 길을 가다 길고양이를 마주치면 잠시 멈춰 서서 따뜻한 미소라도 보내주기를.

함께여서 다행이야

옮긴이_박귀영

홍익대학교 국어국문학과를 졸업하고 일본으로 건너간 뒤, 일본문학에 심취했다. 다시 한국으로 돌아와 출판기획 및 편집자로 일하며 다양한 해외 문학서를 만들었다. 옮긴 작품으로는《언제나 여행 중》《흔적》《평범》이 있다.

함께여서 다행이야

: 엄마와 나, 둘이 사는 집에 고양이가 찾아왔습니다

1판 1쇄 발행 2021년 10월 29일
1판 2쇄 발행 2021년 11월 12일

지은이 모리시타 노리코
옮긴이 박귀영
발행인 유성권

편집장 양선우
기획·책임편집 신혜진 **편집** 윤경선 임용옥
해외저작권 정지현 **홍보** 최예름 정가량
마케팅 김선우 강성 최성환 박혜민 김민지
제작 장재균 **물류** 김성훈 강동훈

펴낸곳 ㈜이퍼블릭
출판등록 1970년 7월 28일, 제1-170호
주소 서울시 양천구 | 목동서로 211 범문빌딩 (07995)
대표전화 02-2653-5131 | **팩스** 02-2653-2455
메일 tiramisu@epublic.co.kr
인스타그램 instagram.com/tiramisu_thebook
포스트 post.naver.com/tiramisu_thebook

 editor's letter

우리 집 고양이 '콩이'를 보면서,
1퍼센트의 미움도 섞이지 않은
순전한 사랑을 나눌 수 있는 존재가
아직 내게 있다니, 하며 매일 안도하곤 합니다.

마음이 무너지기 쉬운 요즘,
(사람이든 동물이든) 함께여서 다행인 존재가
당신 곁에도 꼭 있기를 멀리서나마 바라봅니다.